U0091416

魔豆

我，
精靈王
缺錢！
Elf, foods and save the world!
10
醉琉璃——著

10

目錄

楔子

這是一個少女所作的夢。

少女在滿目瘡痍的街道奔跑，四下全然看不見人煙。矗立在路邊的路燈光芒微弱，不時閃閃滅滅，宛如隨時會熄滅的脆弱燭火。

不穩定的光線將少女慌張奔跑的影子映照在石板路面與磚牆上，不住搖曳變換。大大的影子彷彿是嚇人的鬼魅，緊追在少女身後不放。

這是哪裡？少女渾然不知自己身處何種境況，她急促地喘著氣，胸脯劇烈起伏，纖細的雙足卻絲毫不敢停下。

心裡有個聲音在告訴她——一旦停下，就會來不及了。

就會發生恐怖、無法挽回的事！

少女在似乎被遺棄的空城跑著，她不知道自己跑了多久，也不知道自己跑向何方，然而不停歇的雙腿如同具備著自己的意志。

牽引著她朝某個目的地而去。

她推開了一扇門、又一扇門，接著依舊是一扇門。

重重門扇不斷被打開。

少女只能持續往前，直到她再也找不到須要推開的門。

她來到了一處特別挑高的空間，穹頂離她非常遙遠，上面繪製著巨幅壁畫，畫裡是她再熟悉不過的景象。

法法依特大陸。

那是一幅大陸地圖。

穹頂下林立著多根支撐的圓柱，柱上攀繞無數藤蔓，上頭開滿鮮艷得刺目的花朵。

少女佇立在空地中央，茫然地環視周圍，不明白自己來到這裡是要做什麼。

下一刻，詭異的沙沙聲響在空間裡浮現。

少女有如受驚兔子般瑟縮了下，惶惶地往四周察看。

起初她沒發現異響來自哪裡，直到腳邊冷不防傳來被碰觸的感覺。她低下頭，驚喘聲差點逸出唇外。

少女像燙到似地連忙往旁邊縮著腳，方才碰觸她的赫然就是左邊柱子上的綠藤。

黑綠色的細長藤蔓突然像活起來一般，伸展著枝條。

怪異的場景讓少女心生不安，可她才剛後退幾步，猛地想到自己身後也是一根柱子，上面同樣纏滿開滿鮮花的藤蔓。

不待她回過頭，她的肩上倏然落下了異物。

開著紫花的藤蔓貼上她的肩頭，眼看就要爬上她的臉頰。

少女慌亂地撥開，想要尋找安全的地方，卻發現所有圓柱上的藤蔓都在沙沙作響。它們不停蠕動著枝條向外延展，彷彿要將地面全都吞噬殆盡。

少女被逼到無路可退，那些過於艷麗的花朵中心長出了牙齒，每一顆牙都鋒利得像能咬斷骨頭。

少女能站的位置越來越少，最後只剩中央小小一片空地。

從藤蔓間開出的花朵一下脹大，像是巨型的花朵怪物，大張的嘴感覺一口就能吞下孤伶伶的少女。

少女以爲自己將要性命不保，她的身子微微顫抖。

但出乎意料的是，艷麗到彷如充滿毒素的花朵先是齊齊擺晃，接著發出了怪異的嘯聲。

那像是野獸，又像是難以辨認的生物在大叫。

少女摀著耳朵，痛苦難耐地蹲下。

就在這一剎那，在震天的尖銳嘯聲之中，所有圓柱碎裂，本來盤踞在上頭的藤蔓也跟著成堆掉落下來。

它們層層疊疊堆在一塊，集合成一個巨大的暗色物體。

但讓少女驚怕的不是那些化為怪物的藤蔓與花朵，而是上方的穹頂。

失去了圓柱的支撐，呈現圓拱形狀的穹頂霎時遍布裂縫。

一條條粗大的裂痕縱橫交錯，緊接著把上方的大陸地圖撕扯得四分五裂。

在少女瞠得圓圓的眸子中，大陸崩塌下來了……

少女嬌小的身影即將被湮沒其中，迎來毀滅的結局。

少女反射性閉上雙眼，等著可怕的疼痛降臨。她的一顆心提至嗓子口，身體緊繃，對未知痛楚懷有的緊張讓她幾乎要痙攣了。

——可什麼事也沒發生。

她默數了超過一分鐘以上，什麼也沒等到。

少女困惑又納悶地張開眼睛，映入眼中的是不知何時已被蠶食鯨吞到所剩不多的大陸地圖。

明明是那麼厚重的壁畫，可砸落在藤蔓與花朵之間卻安靜無聲，甚至很快就被花朵裡的利牙啃咬，快速地減少。

在少女茫然的目光中，無論是畸異的花、不祥藤蔓，都在瞬間化為漆黑的碎屑……它們冉冉飄升至空中，蹲坐在地的少女有如沐浴在一場黑色的飛雪中。

而殘破的壁畫則成爲細碎的塵沙，迅速往四周飄散，最終只留下一塊地圖碎片。形狀似彎彎的月亮，上面好似有字跡，卻糊成一片，只隱約能分辨是三個字組成。

陽光燦爛，金黃溫暖的光線照耀在繽紛的花園裡，像是要將盛綻的花朵都鍍上一層淡淡的金粉。

而在眾花環繞中，一名身穿雪白大氅的金髮少女坐在長椅上。她靠著椅背打盹，腦袋往前一點一點的，髮間露出的兩隻棕黃色兔耳朵也跟著一晃一晃。

這是珂妮，神厄的成員。

神厄是羅謝教團最鋒利的一把刀，專門執行見不了光的特殊任務，成員大多是罪犯，也有少部分不是。

而珂妮就是少部分的其中一人。

她擁有奇特的天賦——預知。

可以透過夢境看見未來的某個片段，或者與未來重大事件有關聯的線索。

這也讓她被稱爲「預知的珂妮」。

因獨特的能力及清純可愛的外貌，珂妮在羅謝教團裡相當受歡迎，堪稱是偶像般的存在。

此刻珂妮在花園小憩，嘴裡說著含糊的夢話。

正好走進花園裡的人影發現到她，露出慈祥的笑容，準備轉個方向，不要驚擾正在享受午後時光的少女。

他剛一再次前行，後方的珂妮便無預警大叫一聲。

「月亮！」

同時她的手掌用力拍打了下身旁的長椅，發出響亮的聲響。

本來只是想散個步、曬個太陽，讓頭髮多吸收日光避免禿頭危機的黑格爾主教長瞬間頓住。他慢慢地扭回頭，瞧見珂妮迷茫地揉著眼睛，一副剛脫離夢境的懵懂模樣。

「黑……黑格爾大人！」珂妮一看清眼前人，連忙想恭敬地站直身子。

「珂妮啊……」黑格爾抬手示意珂妮不用站起，他那張總給人難親近印象的臉孔，如今苦惱地皺成一團，「妳看看椅子。」

「椅子？」珂妮疑惑地轉過頭，隨即小聲吸了口氣，本該平整的金屬椅面被她拍出了一枚掌印。她轉過頭，朝黑格爾擠出尷尬的微笑，「不好意思，主教長，我真的是不小心才會……」

珂妮垂著頭，兩隻兔耳朵受到主人情緒影響，一樣有氣無力地耷拉著。

誰教地兔族無論男女，只要雙腳站在土地上，就能短時間內爆發出極大力量。

「我能理解。」黑格爾拍拍珂妮的肩，「放心，會從妳的薪水扣。不過妳還是多注意點，這已經是第幾張椅子了？再扣下去，妳這個月的薪水就要見底了。」

「沒關係，我還有這個！」聽到只是扣錢，珂妮迅速恢復精神。她從自己的大氅底下像變魔術般掏出一個小紙箱，裡頭裝滿六瓶印著可愛圖案的鮮紅色果汁，「就算沒錢吃飯，只要喝兔兔牌番茄汁就可以了！黑格爾大人，你要來一瓶嗎？」

「不了、不了。」黑格爾馬上拉開距離。

地兔族對喜歡的人或是尊敬的人，都熱愛贈送他們一族特產的兔兔牌番茄汁，也不管對方喜不喜歡——就算不喜歡，也會用怪力強迫對方灌下。

教團內有不少受害者，黑格爾也是其中之一，他現在聞番茄就色變，恨不得落荒而逃。

但身為地位崇高的主教長，黑格爾不想在小輩前失了面子，他力持鎮定，優雅地轉了話題。

「珂妮，妳剛怎麼喊了月亮？」

「月亮、月亮……」珂妮神情瞬時一變，她呢喃著這幾個字，下一秒猛然跳了起來，「我作夢了！我夢到大陸地圖破碎，最後只剩下月亮的形狀！上面還有三個字，但看不出是什麼……我總覺得應該是地名，可偏偏無法看清……」

黑格爾眼神即刻轉爲銳利，「是預知？」

「對，是預知夢。」珂妮在身上摸索一下，找出總是隨身攜帶的紙筆，在紙上快速地將夢中重點畫下。

看著逐漸建構完整夢境的畫，黑格爾的臉色也轉爲凝重。

珂妮畫出了大陸地圖、藤蔓、長著牙齒的花，還有……

黑色的雪。

黑雪去年突然出現在大陸上，而且無法預測它會何時降下或停止，也找不出辦法提前防備。

目前似乎只在南大陸出現，北大陸暫無聽聞。

黑雪帶來的傷害太過可怕，偏又難以捉摸，還能藉由水或食物間接進入人們口中。事關重大，最先獲得情報的冒險公會迅速通知教團及南大陸四大城主。

經過多方商議，暫且由教團對外宣稱這是一種新發現的疫病，一旦看見黑雪，便要立刻躲進建築物或有遮蔽物的地方躲避。

被黑雪沾碰到的食物也必須燒燬。至於水，就觀察來看，對活水的影響顯然較小。

這幾個月以來，研究人員不分日夜地分析和實驗，已判定出黑雪的成分一半是暗元素，另一半與暗元素相近，卻又截然不同，彷彿是第一次在大陸上被發現。

這些研究人員來自各地、各種族，就連被譽爲大陸睿智之光的古森妖精亦被網羅其中，可他們面對這項未知物質仍然只能搖頭。

即使如此，研究人員還是依現有發現，努力研發可以改善症狀，甚至救命的藥劑。

而教團也會在各地教會發送以治癒魔法調配出的祝福藥水，儘可能減少人們的病痛，以防眞的遭到黑雪侵蝕，也能延緩擴散的時間。

唯一值得慶幸的是，黑雪的出現極爲短暫，已觀測到的最長紀錄是三小時。

但黑格爾內心總有一絲不安。萬一哪一天，黑雪降落的時間拉長了呢？

「黑格爾大人。」珂妮輕喚一聲，拉回黑格爾的神智。她扭動了下，像有些焦慮，「我是不是應該……」

「跟月亮有關，而且地名是三個字……教團會盡快尋找大陸上哪個地區符合妳預知的提示，然後再讓一支護衛隊跟著妳行動。」黑格爾嚴肅地說，「但這樣還不夠，保險起見，再調派神厄其他人……」

黑格爾話聲驟然一頓，飛快轉頭，目光犀利地鎖定花叢某處。

珂妮站直身子，好奇地往那望，只看到開得妍麗的藍白花球一團團地集簇在一塊。

「瑞比．瑞比特，我看到你了，出來。」黑格爾平淡地說。

花叢靜悄悄的，沒有任何動靜，彷彿黑格爾說的那個人並不在那裡。

黑格爾依舊如鷹隼般盯著花叢，「不出來就等著抄寫《好爺爺的一百分料理》全套一百次。順便告訴你，一套三十本，一本五百頁厚。」

「爲什麼會有這種書啊！」花叢倏地抖動，一條人影惱火地直立站起。他穿著醒目的粉紅連帽外套，帽上連著兩條黑白相間的兔耳朵。

「啊，瑞比前輩！」珂妮吃驚地嚷，「你怎麼會躲在花下面？」

「誰躲在花下面？」瑞比不爽地瞪回去，「我那是在睡覺、睡覺。睡到一半被妳的大叫吵醒，然後就被這老頭抓出來了。你的眼睛到底怎麼長的，居然這樣也能發現？」

「不能沒禮貌，要喊大人，黑格爾大人可是主教長。」珂妮的聲音軟軟細細，聽起來沒太大的威嚴。

就算有威嚴，瑞比也是不甩人的，他連對黑格爾的態度都這樣頑劣。

「既然不是故意藏在那，罰寫五十次就好了。」黑格爾笑咪咪地說道。他自認露出了慈愛的笑容，可他的鷹勾鼻和臉部凌厲的線條，反倒讓他的笑充滿著險惡。

「搞屁啊，一開始就不是我的錯，憑啥要我罰寫？」瑞比看著黑格爾，只覺得對方是專門來找他碴的，他面色不善，藍眼睛裡躍動著陰鬱的火焰。

「憑我也是你們神厄的上司。」黑格爾悠然地說，「如果不想抄書五十次，那就完成一項任務。」

「有任務不會直說嗎？」瑞比嗤了一聲，摸向腰間的槍枝，「說吧，要殺誰了？」

「年輕人的腦袋怎麼一天到晚就想著打打殺殺的？」黑格爾搖頭嘆氣。

瑞比只想朝黑格爾比出一個髒話手勢，把他拉進來做打打殺殺工作的不就是這王八蛋老頭嗎？

「不是那麼粗暴的工作，是……」黑格爾故意賣個關子，當瑞比的眼神不由自主地瞥過來時，他鄭重宣布，「護送我們可愛的珂妮。」

「拜託你了，瑞比前輩，我會保證你沿路都有兔兔牌番茄汁可以喝的。」珂妮拍著胸脯，笑容閃亮，「絕對能夠喝到吐喔！」

瑞比覺得……

他去抄那個《好爺爺的一百分料理》說不定會是更好的選擇。

第1章

馬車維持穩定的速度在遼闊的草原上前進著。

時間即將進入五月的尾巴，天氣變得更加燠熱，原本待在車廂內的人耐不住半封閉空間的熱度，乾脆善用自身的敏捷，靈活地落坐在車頂上，還能欣賞遠方的風景。

躍上車頂的是一男一女。

男的是一名白髮男人，一綹髮絲染著春芽般的碧綠，然而他渾身上下的氣息卻是凜冽如寒冬。他直挺挺地坐著，端正無比的坐姿就像一把毫無瑕疵的刀刃。

女的是一名稚氣未脫的女孩，有著圓滾滾，但眼角微挑的桃紅色大眼，眼神發亮的時候，會令人想到好奇心旺盛的貓咪。

與同伴一樣，她的白髮也有一綹染著其他色彩，是亮麗如火焰的紅色。

「怎麼都沒有風啊！」珊瑚發出了哀怨的大叫，她舉高雙手，想要呈大字形地癱倒在車頂上，但一旁的白髮男人馬上冷冰冰地橫來一眼。

「別碰我。」冷酷的語氣彷彿珊瑚是某種有毒物品。

「你以爲我想碰到你嗎？珊瑚大人才不想呢！」珊瑚鼓著臉頰，但手腳還是往內縮了，免得眞的碰到瑪瑙，她就會被不客氣地踹下馬車。

然後踹人的那人還會迅速變臉，在翡翠面前裝出慌張茫然的表情，彷彿自己只是不小心。

啊啊，眞的太心機了！

珊瑚在心裡爲瑪瑙用力貼上「壞蛋」、「邪惡」之類的標籤，同時換了一個姿勢。她改成趴躺著，雙手撐著下巴，愉悅地看著底下馬夫座位上兩人的頭頂。

「嘿嘿，我比珍珠還高啦，珊瑚大人可以看見珍珠的腦袋喔！」珊瑚開心地說。

原本坐在馬夫座位看書的少女往後揚起頭，恬淡典雅的面容上掛著似笑非笑的表情，柔順的白髮繞著緞帶，靠近臉頰側的一小束髮絲是海藍色的。

「但實際上……」珍珠慢悠悠地展開了反擊，「妳是最矮的，比我、翠翠，還有瑪瑙，都要矮。」

「那……那只是現在，我以後一定會長成最高的！」珊瑚信誓旦旦地說，「我可是超級無敵厲害的珊瑚大人，翠翠你說對不對？」

「哎？要喝翡翠湯了嗎？」負責駕駛馬車，可其實只是抓著韁繩在打盹的綠髮青年霍地驚醒，只聽到一個「翠」字。

而一個「翠」字，已足以讓熱愛食物的他直接腦補出一道菜名了。

他反射性張望四周，想尋找那道讓他魂牽夢縈的美食，但得到的只是一顆白色光球無預警地頭部撞擊。

爲了確保不會傷到青年的美貌，光球才特定選了他的腦袋，反正他也不會變得更聰明了。

「很痛啊，斯利斐爾！」綠髮青年哀叫一聲，飛快張手抓住想飛至空中的光球。他瞇細黑眸，露出險惡的微笑，接著毫不留情地用力揉捏。

與另外三人相比，綠髮青年的容貌絲毫不遜色，甚至可以說更爲耀眼奪目。

他的髮絲令人想到萬物復甦的春天，一雙黑眸宛如高貴的黑水晶，左眼下點綴著三點綠寶石般的淚痣。

他們四人有著一個共同特徵——不屬於人族的尖耳朵。

但若誤認是妖精一族，那就是大錯特錯了。

他們正是傳說中的幻想種——精靈。

而身為精靈王，本名是惠窈的翡翠還懷抱著一個只有他跟斯利斐爾才知道的祕密——他是穿越過來的。

在他原本的世界，他正要大學畢業，結果因車禍死亡，被法法依特大陸的眞神捕捉到靈魂，讓他重新復活，並強迫成為精靈王，展開救世任務，讓法法依特大陸免於再次落入被黑雪呑沒的危機。

羅德、謝芙兩位眞神為了扭轉結局，多次出手，逆轉時間，卻都面臨失敗。最後將翡翠拉過來後，因力氣用盡，陷入沉眠。

翡翠這一次的救世，就是最後一次機會了。若是失敗，法法依特大陸就註定踏向破滅的道路。

歷經諸多事件——

黑雪降下、暗夜族皇女殞落、榮光會的奇美拉實驗、慈善院的陰謀，以及浮空之島、縹碧的背叛、翡翠的二次死亡與復生。

隨著翡翠重新與長大的瑪瑙、珍珠、珊瑚重聚，他們爲了追查縹碧意圖抹殺精靈的眞相，來到了緋月鎭。

卻主動踏入他人早就設好的局，並在那碰上縹碧。

不，是碰上眞正身分爲大魔法師伊利葉的男人。

伊利葉在兩百年前死去後，利用特殊手段讓自己以靈體持續存在。

爲了不讓外人察覺到這事，他封印了自己的記憶，短暫地成爲青少年時期的縹碧，也成爲所謂的大魔法師的遺產，短暫地跟在翡翠身邊。

得知與自己這方爲敵的男人就是傳說中的大魔法師，翡翠他們轉移目標，打算從伊利葉的生平下手。

根據文獻記載，伊利葉是妖精族出身，然而以靈體形態再次現世的他，卻失去了那雙該是顯著標誌的尖耳朵。

翡翠直覺這或許是突破點。

於是翡翠向華格那分部提出了委託，希望能從他們那獲得伊利葉更多相關情報。

會選擇華格那分部，除了冒險公會擅長收集情報、此處負責人之一的烏蕨是妖精族之外，更因爲華格那還有個別稱——

妖精之城。

前陣子，繁星冒險團收到了通知，華格那分部表示委託有了新進展，而正好他們就在華格那附近，便決定直接前去和負責人碰面。

繁星冒險團抵達華格那時已經入夜，過了分部的營業時間。

這座和巨樹共生的城市在夜間顯得更加夢幻，路燈是白花的造型，只要其中的日核礦亮起，放眼望去就像穿梭在無數潔白花朵之間。

安置好馬車，翡翠俐落地從馬夫座位跳下，三名精靈也跟著站在他身後，宛如三個保鏢。

通體闃黑的高聳建築物好似要融入黑夜之中，窗戶也被一扇扇關起，看不見室內景象，唯有大門前還亮著兩盞漂亮的玻璃彩燈。

雖然翡翠手裡拿著加雅分部贈予的介紹信——用肉體換來的，爲此他讓流蘇在自己身上做了四次人體實驗——但公會負責人向來很有個性，他擔心華格那的人說不定看到介紹信還是不買單。

翡翠想了想，決定挪調一下位置，確保開門的人能夠清楚瞧見自己經過打光的臉，好靠美貌增加入內的成功機率。

又稱，刷臉。

刷臉成功。

感謝華格那分部負責人之一的春麥，她熱愛能為自己帶來繪畫靈感的美人，即使她總是把人畫成一堆奇形怪狀的蔬菜水果。

包括但不限於長了腳的茄子、藍色有嘴巴的蘋果、渾身是眼睛的鳳梨。

本來春麥是不想在晚上再接待客人，負責人也要有休息時間的。但前去應門的烏蕨忽然轉頭喊了一聲——就算是這時候，他還是穿著一身玩偶熊套裝。

「麥子，妳該過來看看，會是妳喜歡的。」

「就說不要叫我麥子了！」綁著丸子頭的女孩扔下手中畫筆，不甘願地走向大門。

然後便是一連串激動的尖叫。

熱愛藝術、熱愛全大陸美人的春麥興奮得快暈過去了，她的小臉漲得通紅，克制不住情緒地直拍打烏蕨的熊肚子。

「是大美人！太美美美了吧！」春麥展現極高的熱情，尤其在她發現翡翠身後還跟著三名容姿出眾的妖精後，那股熱情更是瞬間翻倍，「吃點心嗎？我有全大陸最好吃的烤焦熊熊餅乾，我馬上拿出來給你們吃！」

春麥像陣小旋風，一下子便消失在公會的大廳內。

「你們坐一下，我去拿資料下來。」烏蕨往樓上走去。

「好像沒看到桑回耶。」翡翠東張西望，試圖尋找第三名負責人的蹤影，「難道在房間裡？等等問春麥他們好了。」

「問我什麼？」春麥抱著一大罐餅乾回來，正巧聽見自己的名字。她朝翡翠等人招招手，大夥一起坐在平常用來辦公的大長桌前。

玻璃罐被吃力地放至桌面，罐內是一堆焦黑色的小熊餅乾，仔細一看，還能看見每隻小熊表情姿態都不一樣，相當活靈活現。

「哎，這能吃嗎？」珊瑚將臉湊近玻璃罐，觀察著裡頭的小熊，同時也問出了翡翠心中的疑惑，「好焦喔，烤焦的東西很難吃耶。」

「哼哼。」春麥得意地雙手抱胸，仰高稚氣可愛的小臉蛋，「這可不是普通的烤焦，這是抓得恰到好處的微妙烤焦。看似焦黑得完全不能吃了，其實咬下去是令人驚喜的美味，這可是我花了好大力氣才買到的限量商品！」

「我吃！」先不管滋味究竟如何，只要是限量，翡翠說什麼也不放過。

與打從心底愛各種美食的精靈王不同，瑪瑙三人對吃沒太大好惡。

他們沒有拒絕春麥塞過來的小熊餅乾，不過只折了一隻腳，就將餅乾推給眞正在享受美食的翡翠。

翡翠先咬一小口，雙眼立時瞪大，眼眸深處迸放出閃耀的光芒。

翡翠沒想到這麼一片小小的餅乾，居然能濃縮如此驚人的美味。

杏仁角、核桃、南瓜子、葵花子……還有他分辨不出的堅果，這些堅果磨成了粉末，裹著焦香氣，但又不蓋過它們原本的滋味，再以濃郁香甜的巧克力將它們包裹在一起。巧克力不只有甜，還有獨特的苦澀味道，再仔細一嚐，好像又能暈開一層層的咖啡香、酒香、果香。

春麥雙手托著臉，把臉頰肉擠得鼓鼓的，她像隻小倉鼠開心地笑了，「對吧、對吧，就說很好吃了，我第一次吃到也跟你差不多的表情。」

「太好吃了！」翡翠比出大拇指，「哪裡能買？我想買！」

「不，您不想。」冷酷潑下冷水的，永遠都是斯利斐爾，「放心，在下有一百種以上的方法會讓您不敢想的。」

乍聽到這道如寒潭無波的男聲，春麥才後知後覺地注意到銀白光球的存在，然後又想到一個問題。

「對了，所以你是誰啊？」

翡翠險些被餅乾噎住，他趕緊接過瑪瑙遞來的水喝下，拍拍胸口，看向春麥的眼神有點錯愕。

搞半天……妳壓根不曉得我們來這的意圖啊！

翡翠猜得出華格那分部的兩位負責人還沒恢復與他相關的記憶。

但這不是什麼大問題，反正他們先前維持的也只是冒險獵人與負責人之間的基本關係。

不像桑回。

翡翠可以拍胸膛保證，他對桑回（的肉）是真愛啊！

只是他可真沒想到，他都吃完一片一片一片又一片的餅乾了，春麥還不曉得他們是來這幹嘛的。

不過春麥不知道，烏蕨肯定知道，對方都上樓去找資料了。

「他是翠翠啊，繁星冒險團的翡翠。」珊瑚搶著回答，「欸欸，這幅畫是什麼？這個藍蘋果長得好奇怪喔。」

「喔，那個，那個是桑回，長得很像對不對？」春麥對自己的畫技有著謎之自信。

「對了，桑回人呢？」翡翠順勢問起，手裡不忘繼續從罐裡挖著餅乾。

「好像……前幾天跑了。」春麥歪著頭，「那時候烏蕨好像在說……」

「在說繁星冒險團要來我們這。」低沉的男聲把話接了下去，大大的玩偶熊拿著一份文件袋出現。

「對對，繁星……啊！」春麥被美色蒙蔽的大腦終於運轉起來，「長得特別美的綠髮妖精，你就是……」

春麥的手指指向吃得停不下的翡翠，「你就是那個翡翠對不對？桑回有提過！」

「嗯嗯，對，我是翡翠。所以桑回又不在啊，眞是太可惜了。」翡翠大失所望。先不管路上碰到的幾次，只要他們來華格那分部，十有八九都見不到桑回。

「不知道耶，他一聽到你們繁星冒險團要來，就一副心臟病要發作的樣子，血還咳得特別多，眞奇怪呢。」

「那還用說嗎？」翡翠對此懷抱著無比的自信，「一定是知道我要來太激動了！」

無論是平時很冷靜睿智的斯利斐爾，或是扯上翡翠就沒什麼冷靜可言的瑪瑙他們，對翡翠的這個結論絲毫不懷疑。

「嗯，激動得逃了。」烏蕨把文件袋放在翡翠手邊，「另外也是因爲正好有工作要做。」

「噢，海棘島的事嘛。」春麥點點頭，「但也用不著用逃命般的速度嘛。」

「就是。」翡翠也附和，全然沒意識到自己就是害人落荒而逃的最大原因。不過聽到「海棘島」三個字，倒是勾起他的記憶，他記得流蘇也曾提過，「在海棘島失蹤的冒險獵人找到了嗎？」

「還沒，但似乎有線索了，所以桑回要去跟其他人會合。」烏蕨言簡意賅地說，「你們想要的情報在袋子裡，先看一下。」

翡翠幾人拿出袋內文件，輪流交換看。

珊瑚看了一眼密密麻麻的文字馬上頭暈，乾脆在旁邊等著翡翠他們整理出結論。

斯利斐爾速度最快，身爲眞神代理人，即便現在只是顆球，也能用非人的手段瞬間吸收資料，再統匯出來。

有了斯利斐爾的幫忙，翡翠幾人很快明白了情報中的重點。

伊利葉生前確實保有妖精特徵，但關於他究竟出於哪支妖精族，最多人相信是古森妖精。

這個可能性奠基於他少年時期曾和古森妖精族一塊生活的記錄。

這一族的妖精有點像游牧民族，會隨季節遷徙居住地，在許多地方多有留下足跡。

伊利葉有好長一段時間跟著他們一起移動，之後才踏上獨自遊歷的道路，四處學習各種與魔法有關的知識，最終成長爲受人尊敬的大魔法師。

烏蕨也寫下了古森妖精族的特點。

簡單來說就是熱愛學習，往往一頭栽進學識之海就難以自拔，忘記時間流逝。在吸收和理解知識上有著極高的天賦，使得他們在魔法的運用上比其他妖精族還要嫻熟。

而在外表上，寶石般的綠眸一向是他們最大的特徵。

伊利葉同樣擁有一雙碧綠色的眼睛。

這讓人們更加認定他就是古森妖精。

「綠眼睛啊……」翡翠在心裡咀嚼著這幾個字，他的嘴巴則是忙著咀嚼小熊餅乾。

自從與縹碧……伊利葉相遇，就不曾見過他摘下眼上的紅布條，難以得知現今的他是否還擁有同色的眼瞳。

畢竟現在成為靈的伊利葉連耳朵都和人類無異了。

天性使然，古森妖精對於自己族裡出現大魔法師的事，並沒有給予太大關注，他們更寧願把時間和心力放在學習各類知識上。

他們可以滔滔不絕地說起伊利葉在魔法創造上的獨特建樹，但若單純談論「伊利葉」這個人，他們所知的恐怕與外界差不多。

加上伊利葉已逝去兩百年，和他同輩的妖精也凋零得差不多了——大多妖精族壽命是一、兩百歲——那些年紀輕的妖精對他的印象理所當然更加片段。

追查的線索似乎到此碰上瓶頸，但令人意外的是……

翡翠的目光落至最後一行字，「疑似發現伊利葉的舊識？」

「嗯。」烏蕨的聲音隔著頭套顯得悶悶的，「根據情報，有位可能與伊利葉認識的年長妖精還活著。只是不在古森妖精現在的部落裡，而是在格里尼。」

格里尼，這地方對翡翠而言是陌生的。

烏蕨旋即又說下去，「在華格那東南邊的小城市，那裡有不少半妖精。」

不等翡翠將半妖精是什麼問出口，斯利斐爾的解釋先行一步地在他腦海中響起。

「妖精與其他種族的混血，統稱爲半妖精。您的腦子到現在還沒正常運轉完成嗎？您到底都在做些什麼？」

「收訊不好，我聽不見。」翡翠毫不猶豫地選擇睜眼說瞎話來回應，注意力再放回烏蕨身上，「有那個妖精的名字嗎？」

「羅莎琳德。」烏蕨說，「那名妖精叫羅莎琳德，格里尼那有我認識的半妖精。」

「喔喔，懂，所以我們到時候直接去找對方打聽就好嗎？」翡翠恍然大悟。

「不。」烏蕨卻給了否定的答案，「不是你們。」

在繁星冒險團和春麥不解的眼神中，烏蕨說出了答案。

「是我們——包括我。」

✣✣✣

格里尼

天邊還泛著一層淡淡的魚肚白，位於街角的一間烘焙點心坊已展開忙碌的一日。

靜置一天的麵團被有力地揉捏、塑成想要的模樣，待擺滿烤盤，便送進烤箱烘烤。

隨著麵團在烤箱裡慢慢膨脹，香濃的奶油與小麥香也混融在一塊，成為令人難以抗拒的味道。

送進第一批，還有第二批、第三批……更多的麵包在等著完成。

兩位麵包師傅在廚房忙得不可開交，外頭的店面也正進行著有條不紊的開店準備。

這間烘焙坊除了販售各類西點麵包外，也提供內用。

三張小巧的圓桌擺在窗邊，一來是這裡採光好，二來是當有客人坐在這裡享用麵包時，無形中也能吸引街頭路人的視線。

「安妮塔，那邊就拜託妳了！」店長忙著店內右半邊的整備，另外半邊她交給了外場唯一的店員。

「好的，沒問題！」紮綁著可愛短馬尾的女孩充滿朝氣地回應，手邊俐落地擦拭著麵包夾，等等還要補充桌上的紙巾。

安妮塔打從心底熱愛這份工作，她自小就喜歡麵包的香氣，更是吃著這間香頌烘焙坊的麵包長大的。

如今能夠成爲這裡的一分子，對她來說無疑是夢想成眞。

隨著麵包香氣越發濃郁，安妮塔心滿意足地深吸一口氣，熟練地分辨出等等將有哪些品項出爐。

距離營業時間還有一個多小時，烘焙坊門外不知何時矗立了一抹覆著斗篷的人影，帽簷拉得極低，遮住大半臉孔。

從體格來看，應該是男性，但不知爲何站在門前一動也不動。

店長正好進了廚房，店內只剩安妮塔一人。

是想買麵包的客人嗎？安妮塔疑惑地想著，眼看對方仍像生根般地立於門外，她猶豫了一會，還是主動走向門邊。

安妮塔打開門，露出開朗笑容，「不好意思，我們還沒營業喔，要請您晚點再……」

安妮塔的聲音在瞧見來人外貌時，忽地消失在嘴邊。她張著嘴，腦中明明該跑過什麼，可突然間被一片空白侵佔。

「你們店是最有名的甜點店吧，外地人來這第一個打聽到的會是這裡對吧。」斗篷男人慢條斯理地說，語氣有著與生俱來的矜慢。

「對，香頌烘焙坊的麵包是格里尼最好吃的……」安妮塔猶如夢囈地說，眼神發直，大睜的眼睛裡倒映入男人的容貌，但卻沒真正地映入她的腦海中。

男人滿意地將一個信封遞向前，「那麼，他會過來你們這的。等他出現，把這交給他。」

男人俯下身，湊近了安妮塔耳邊，吐出了一個人名。

安妮塔直直地站在原地不動，直到身後冷不防傳來一聲詫異的叫嚷。

「哎呀，安妮塔？妳怎麼站在那裡？外面有什麼嗎？」

「咦？啊？」安妮塔驟然回過神，她茫然地眨眨眼，不知自己為什麼會站在門口，明明外面一個人也沒有，「沒事，我這就過來！」

安妮塔關上門，像隻勤勞的小蜜蜂在店內繼續忙碌著。

在她的圍裙口袋內，正靜靜地躺放著一封信。

第2章

繁星冒險團再度踏上了旅程。

只不過這次還附加了一隻熊。

說錯了，是外出也堅持穿著玩偶熊套裝的華格那負責人。

烏蕨．麥爾西。

得知烏蕨要到格里尼時，春麥陷入了大震驚。

「欸欸欸？爲什麼連烏蕨也要？那不就剩下我一個負責人了？那誰來當我的模特兒讓我畫！」

「我可以準備很多蔬菜水果給妳當模特兒。」烏蕨如此平靜地說。

畢竟不管多美的人站在春麥面前，最後都會被她畫成鳳梨、香蕉、蘋果、芭樂、茄子……既然這樣，乾脆讓春麥從幻想派畫家轉職成爲寫實派吧。

春麥對這個提議很有意見。

「才、不、要！」個子小小，但氣勢一點也不小的丸子頭小女孩跳上椅子，接著又嫌高度不夠，跳上桌子，確保能從高處俯視烏蕨，「不能晚點嗎？先讓我畫翡翠一個禮拜啊！」

「不行，不能，不可以。」烏蕨將氣呼呼的同事輕鬆地抱下來，用大大的熊掌摸摸她的頭，並確保不會弄亂她的髮型。

最後春麥是噘著嘴，一臉不開心地送走了翡翠眾人。

有烏蕨同行，最大的好處是可以趁機敲詐一筆公費，但壞處也不是沒有。

「嗚噫噫！好熱！」毛茸茸的大熊拉高了車廂內的溫度，珊瑚發出怪叫，用最快速度逃出了車廂，與瑪瑙爭奪著另一半的車夫座位。

不過當然是搶失敗了。

然而坐在另外半邊的翡翠把座位讓了出來，理由是讓小精靈們有機會好好相處。

「記得別打架、別吵架喔，大家都是好孩子。」

在翡翠充滿信任的注視下，饒是瑪瑙再怎麼想將珊瑚一腳踹開，珊瑚再怎麼想毆打瑪瑙，都只能將這個念頭按下去。

翡翠以爲車廂內會相當悶熱，可意外地還稱得上有幾分涼意，彷彿裡頭放了好幾台電風扇。

翡翠驚訝地看看坐在最靠外的珍珠，再看看縮在最裡面、如同一座雕塑的烏蕨。

「這不是……還滿涼的嗎？珊瑚怎麼會覺得很熱？」

「不是我的關係。」珍珠輕聲細語地說，眼睫低垂，目光專注地落在書內文字上。

「是我。」烏蕨抬起他的大熊掌，向翡翠展示一株奇妙的植物。

淡綠色的綠植上垂吊著多顆拇指大的剔透果實，乍看下會以爲是水珠掛在上頭。

「剛剛在催生風涼草，只要擠破它的果實……」烏蕨示範，「短時間內會有風。」

當水珠似的果實一被捏破，「啵」的一聲，便有數道小小氣流在馬車內盤旋，吹得翡翠的髮絲跟著舞動。

「眞神奇！」翡翠大開眼界。

「缺點是必須在小空間才能充分展現效用。」烏蕨將風涼草遞給翡翠，「拿出去就沒什麼用處了。」

「原來如此……」翡翠略感遺憾，本來還想說拿給瑪瑙和珊瑚散散熱的，「這麼說起來，烏蕨你也是妖精族嘛。」

「嗯。」大大的熊頭上下晃動幾下。

「跟伊利葉一樣是古森妖精族的？」

「不，我是蒼水妖精，雖然也擅長催生植物，但與木妖精又不太一樣。如果要問有哪些差異……」熊頭歪了歪，「即使是細微的差別，也可以講上一天一夜都說不完，你確定要知道？」

「我確定不用了。」翡翠果決地掐斷這個話題，「我們聊別的吧，真的，我覺得聊別的很好。例如你那身……確定不脫下？」

夏天還穿著那麼厚重的玩偶裝行動，翡翠都懷疑烏蕨是不是能自體發冷，他光看就覺得要中暑了。

「等到了格里尼，就會脫下。」

「啊，難道是有什麼特殊含意？」

「不，只是我高興。」烏蕨說完後沉默片刻，見翡翠也跟著沉默，他困惑地提出疑問，「你不聊了？」

翡翠覺得這天都要被烏蕨聊死了，「呃，你還想聊？」

「回去可以跟麥子分享，她喜歡聽旅行發生的事。」烏蕨舉起熊掌，像鼓勵翡翠再說下去地拍著手，「你可以多說點。」

翡翠一點也不想當個聊天工具人。

解救他脫離這個困境的，是原本正在閱讀的珍珠。

「烏蕨先生和翠翠都覺得無聊了嗎？」珍珠抬起臉，恬靜的側臉揚起淺淺的笑，「那我來唸書給大家聽吧。」

「等等，唸什麼書？」翡翠有不妙預感。

果然，珍珠笑咪咪地亮出手上書籍的書封，上面大大的書名佔據了整個封面，讓人想無視都難。

《他逃，她追，他們都插翅難飛》

作者依然是大家都很熟悉的那位伊斯坦。

翡翠不曉得自己該吐槽這個書名，還是吐槽桑回的取名風格終於改變了。

但不管怎樣，他飛快望了烏蕨一眼，縱使對方戴著大熊頭套，壓根無法看見表情變化，但他就是嗅得出對方全身上下都散發強烈的抗拒味道。

這一秒，翡翠和烏蕨達成了共識，他們才不想聽桑回．伊斯坦寫的狗血俗爛小說！

「不了、不了。」翡翠端起笑臉，朝躍躍欲試的珍珠搖著手，「我和烏蕨還有正事要談……對吧，烏蕨。」

大熊頭套用著相當驚人的速度瘋狂點動。

珍珠輕嘆了口氣，露出非常遺憾的表情，低下頭重新看書之前，還依依不捨地望了翡翠幾眼。

爲免讓珍珠覺得他們兩人太過無聊才會陷入安靜，翡翠迅速開啓新話題。

而且還是正事，他可不能欺騙自家可愛的小精靈。

「烏蕨，你之前說會跟我們同行，是因爲你那位半妖精朋友……」

「羅森，他叫作羅森。」

「喔，好，那位羅森對外人總抱持著防衛心，不會輕易洩露情報。但是……」翡翠想來想去，仍覺得這理由有些牽強，「讓你寫封介紹信也不行嗎？非要你親自出馬？負責人應該不會這麼簡單就爲了冒險獵人一起跑一趟吧，起碼灰罌粟是絕對不會。」

「那是她懶。」烏蕨一針見血地說，「除非她紅茶沒了，否則她連出門都不會。」

確實如此，塔爾分部的灰罌粟可說是翡翠至今看過最宅、最懶的人了。聽說她的至理名言是「明天能做的事，當然是留到明天再做」。

「但是，你說的也沒錯。」烏蕨話鋒一轉，坦然承認了翡翠的猜測，「會跟你們同行，主要是我也有事要做。」

烏蕨沒有再賣關子，他的熊掌往大衣口袋掏了掏，掏出兩張信紙。

翡翠湊近一看，最先留意到的是兩張紙的字跡挺像的，相當狂野，狂野得讓他差點讀不懂。

翡翠努力辨認一會，才看明白上面寫的是什麼，但困惑同時也像泡泡一個個冒出。

第一張紙寫的是——黑色的雪，他們在開花，好多人在開花。

相較於第一張讓人摸不著頭緒的內容，第二張的正常多了。

先是簡單講述自家附近短暫地下過黑雪，但好在大家都及時躲進屋內，又道歉說這陣子因爲太累才似乎產生幻覺，如今人已經好多了，先前的抱怨請務必無視。

「所以，果然是同一個人寫的信？」翡翠問道。

「對，信是羅森寄來的。」烏蕨點了點兩張信紙，「它們被寄到我手上，只相隔一天。羅森個性謹慎，也不是會爲了一點小事就寫信抱怨的人。事實上，除非有必要，否則他根本不會寫信。」

「你認爲……」翡翠逐步推敲，「一定是出了什麼事，否則他不會寄出第一封。但如果是這樣，沒道理再寄第二封，偏偏第二封還推翻了第一封的內容……不行，怎麼想都太矛盾了。」

假如單從信件內容和順序來看，兩封信沒什麼問題。

可一旦套上烏蕨說的羅森的性格，那感覺怎麼看都有問題了。

「正是如此。」烏蕨將信收起來，「我會先陪你們問出羅莎琳德的蹤跡，之後你們自己找人，我再觀察羅森看看。」

翡翠對此沒有意見，他只在意一件事，「交通費都能報公帳的話，那住宿費、三餐、下午茶和宵夜，也能順便一起報嗎？」

烏蕨沒有正面回答，只是從頭套下逸出一聲冷笑。

這種笑法翡翠常在斯利斐爾那聽到，翻譯過來就是——去作夢吧，夢裡什麼都有。

剛想到斯利斐爾，外出查探環境的銀白色光球正巧從外飛進，懸停在半空中，「路線安全，沒有魔物。」

「那有沒有……」翡翠充滿期待地問。

「沒有能吃的水果，沒有能吃的動物。」斯利斐爾相當樂意潑翡翠冷水，「都沒有，您認命吧。倒是有很多您的專屬食物，您想多吃點是無所謂。」

「謝謝，但我有所謂。」回想起晶幣的味道，翡翠馬上變得面有菜色，他有氣無力地揮揮手，表示不想再與斯利斐爾說話。

翡翠摸摸自己的口袋和包包，沒摸到什麼可以吃的，倒是摸出了一個小玻璃瓶。瓶口用木塞堵著，透明的瓶身裡放著一顆碧綠色的心形結晶體。

翡翠將玻璃瓶舉高，在陽光照射下，瓶中的晶體如寶石般熠熠生輝。

——那是白薔薇的心臟。

或者說，是從曾經以白薔薇身分存在過的木頭人偶上，獲得的一顆心。

翡翠瞇著眼，目光彷佛透過閃耀的翠碧結晶回到了更早之前的時光。

拖欠繁星冒險團鉅額債款的思賓瑟為了證明自己的信用，說會還錢就會還錢，居然從塔爾分部的院子深處挖出了一個小盒子，據它說，在上面聞到了值錢、稀有的味道。

咒殺兔子認定這絕對是珍貴的寶物，打算用它來償還債務。

可誰也沒想到，盒子一打開，裡頭放的赫然是寫著「白薔薇」三個字的染血人偶。

翡翠腦中閃過「超級不妙，黑薔薇肯定會宰了我們」這個念頭的同時，世界意志的聲音也跟著一併出現。

簡直是抓準時間，加重那個不妙感。

「任務發布——偵測到殘留擬殼能量，是否開始進行吸收？」

不僅翡翠，就連斯利斐爾也沒預料到，白薔薇的眞身居然有擬殼的殘餘能量。

翡翠沒有選擇吸收，他再怎樣也不會對瑪瑙他們的救命恩人動手。

相反地，他選擇了將那份能量引出來，能量自動化成一顆心。他將它保存下來，再嚴令思賓瑟一定要將人偶放回原來的地方。

否則黑薔薇依舊會想方設法地宰了他們。

老實說，翡翠也不確定留下這顆心能做什麼，但他總覺得，自己該試試看。

爲了曾拯救小精靈的白薔薇，也是爲了……身爲朋友的白薔薇。

熾金色的日光下，馬車穩穩地前進著。

持續朝著格里尼前進。

✣✣✣

「羅森？羅森？喂，羅森！」

多次呼喚都沒得到回應，長得像座鐵塔，但擁有一雙妖精族尖耳的黝黑男人抬起大掌，毫不客氣地一掌搧到那人背上。

疼痛成功地讓呆坐在舖子裡的羅森回過神，也爆出了一聲咒罵。

「操！老葛你幹嘛！」

「誰教我喊了你半天，你屁都沒放一個。」老葛嘖了一聲。

「早說你想聽我放屁嘛，我現在就為你放一個。」羅森馬上表示這只是個小問題。

「去去去，離我遠一點。你要是敢放，我就把花塞進你屁眼裡。」老葛眼珠一轉，盯上了放在門邊的鮮紅玫瑰。

「你敢對我的花動手，我就直接讓你飛出門。」坐在矮凳上的羅森霍然站起。雖然仍有妖精的尖耳特徵，但他的體格與妖精的纖細截然不同，甚至比老葛更壯幾分。

「開開玩笑，開開玩笑……」老葛可不想受到羅森拳頭的招待，他摸出錢包，掏出幾枚錢幣，「不過玫瑰花是眞的要，幫我簡單弄個花束，我可愛的安妮塔終於願意和我去約會啦！」

「安妮塔的眼睛終於出問題了啊……」羅森長長地嘆口氣，在老葛顯露不滿之前將玫瑰花塞給他。

花的數量比老葛想買的多了好幾枝。

「謝了，兄弟。」老葛轉怒爲笑，拍拍羅森的肩膀，「昨天教會發送的祝福藥水你領到了嗎？」

「啊！」被這麼一提醒，羅森懊惱地一拍額，「該死，我昨天忙到忘記了。」

「別擔心，我替你打聽過了，明天還有，你到時可千萬別忘記。誰知道那個爛透的黑雪什麼時候會再下，拜託它可別再來我們這了……」老葛抱怨了幾句，順便又給了句勸告，「你最近好像常心不在焉的，我看你需要給自己放個假，好好休息一下。」

「沒事。」羅森不以爲意地說道：「我那不叫心不在焉，我那是在想事情。」

「哈，你那顆裝滿花的腦袋還能想什麼事？」

「莉莉、蘇珊娜、卡爾頓、道奇……」

聽著羅森唸出的幾個名字，老葛也斂起了嬉笑的神色，轉爲凝重。

羅森說的，都是近期失蹤的半妖精小孩。

「眞神保佑，希望那些孩子能早日歸來。」老葛低聲地說，「也不曉得是怎麼回事，怎麼人就忽然從家裡不見了？」

老葛的疑惑，也是格里尼人的疑惑。

那些失蹤孩童的共通點都是在家中不見蹤影，而那些孩童父母的說詞，則更讓整個事件添上詭異色彩。

他們都說，一覺醒來，床上就已經找不到小孩子了。

也有人懷疑會不會是小孩半夜溜出去，或是有人悄聲闖入。

可這個說法，在最近一起孩童失蹤案後被推翻了。

那次失蹤的正巧是老葛鄰居家的孩子。

那孩子的父母在失蹤事件頻傳後憂心忡忡，想杜絕所有可能，乾脆將小孩房間門自外鎖上。結果隔天起來打開門，房內赫然空無一人，床上只留下凌亂的被褥。

如今家裡有孩子的人不免風聲鶴唳，就怕這種聳人聽聞的事發生在自己小孩身上。不知何時會再發生的失蹤案就好像一片揮之不去的烏雲，黑壓壓地籠在格里尼人民的心頭上。

「唉……」談及這事，老葛本來因期待約會而雀躍的心情黯淡了幾分，他搖搖頭，帶著玫瑰花束走了。

羅森耙耙頭髮，轉身投入工作想轉換心情，但心情始終亂糟糟的。

眼看已近打烊卻幾乎沒人上門，羅森乾脆把東西收一收，提早關店。

羅森的家離店舖沒有太遠，才剛走到離住家還有一個巷口的地方，在外頭玩耍的幾個小孩瞧見他，馬上朝他跑來，一張張小臉滿是興奮。

他們同樣都是半妖精，尖尖的耳朵興奮地一顫一顫的，他們圍著羅森轉，七嘴八舌地搶著說話。

「羅森叔叔、羅森叔叔，有熊！好大的熊！」

「在你家外面！」

「有很漂亮的人跟好大的熊！」

羅森聽得一頭霧水，完全不明白這幾個小鬼嘰嘰喳喳地在說什麼。

然後有個小女孩伸手在空中畫了一個大圓，「那麼大的玩具熊，戴著綠帽子，繫著紅領帶，他們說是華格那來的！」

華格那、大熊。

這兩個字眼瞬間串聯出一條線索，羅森吃了一驚，腳下步子加大，一下就將幾個小孩拋在了後邊。

羅森大步地趕回去，還沒走近家門口，就看到自個兒屋前站著一票人。

喔，還有一隻大熊。

羅森露出哭笑不得的表情，脫口喊出一個名字：

「烏蕨．麥爾西！」

第3章

歷經近三天的路程，翡翠幾人與烏蕨總算抵達格里尼。

這裡又有一個別稱，半妖精之都。

生活在格里尼的人們大多是妖精族與他族混血的半妖精，除了保留一雙尖耳外，身上或多或少也會出現另一族的特徵。

即使已經知道烏蕨的朋友是半妖精，翡翠還是先入爲主地套用了妖精的形象，以爲自己會看見一名纖細的男子。

結果看見的是壯如小山的人物，對方的一條胳膊都快有他的大腿粗了。

都說妖精擅長魔法，翡翠想著半妖精可能也不例外。不過烏蕨的這位朋友給人的感覺是不需要使用魔法，單靠物理攻擊，就能達到現場物理超渡的效果了。

雖然是第一次見到繁星冒險團，但有烏蕨在，羅森展現出主人的熱情，邀請眾人到屋內坐坐。

一進門，翡翠就注意到桌上壓著一疊紙。第一張上面畫著簡單的小孩人像，標出他的衣著特徵，還有聯絡方式。

看上去，是張尋人啟示。

烏蕨自然也看到了，「羅森，是誰失蹤了？」

「我們這區的小孩，也有其他地區的……我就是幫忙張貼，讓更多人看到。」羅森把那疊紙挪放到別處，「是什麼風把你吹來的，你這大忙人居然會特地跑到格里尼來？還有這幾位漂亮得不得了的妖精們是？」

「這是塔爾的繁星冒險團。」烏蕨簡單介紹，「翡翠、珍珠、珊瑚、瑪瑙。」

「都是寶石的名字耶，跟你們幾個眞搭。」羅森哈哈一笑，「我是羅森，和烏蕨這小子認識挺久了。你們找到住的地方了嗎？還沒的話可以推薦你們一間稻草人旅店，就在離這三條巷子的地方，報我的名字還能打個折，附近也有不少好吃的。」

「啊，太感謝了！」一聽見有好吃的，翡翠的雙眼登即發亮，「有推薦的小吃或店家嗎？」

「這個問稻草人旅店的老闆就知道，他對這方面最熟了。不過……」羅森話鋒倏然一轉，「我猜烏蕨跟你們過來這，應該不只是爲了找吃的吧？」

「帶他們過來找個人。」烏蕨也不隱瞞來此的目的，「你還記得溫特家的奶奶嗎？聽說她搬回來這了，你有她的消息嗎？」

「溫特家的奶奶……」羅森十指交抵成塔狀，認眞思索著。花了一點時間，總算從記憶裡翻找出相關片段，「啊，你是說那位啊！我想起來了，記得她年紀特別大了，兩百多歲，眞的相當高齡了……確實是有聽說她搬回來這，如果我沒記錯，她應該是待在照護院，不過是哪間我就不清楚了。」

照護院，在翡翠印象中，這算是法法依特大陸的安養院。

「嗯……她那個狀況，還是要有人隨時照顧比較安心。」羅森像是想起什麼，感慨地說道。

「是什麼狀況？」烏蕨疑惑地問。

羅森重重嘆了一口氣，說出了對翡翠幾人而言實在不太妙的消息。

「羅莎琳德，就是溫特家的奶奶，或許是年紀大的關係，她現在有些失智，連自己家人都認不出來了。」

要如何從一位失智妖精口中打聽到情報？

老實說，翡翠在此之前壓根沒想到會碰到這種問題。

但不管如何，一切還是等找到人再說吧。

離開羅森家，繁星冒險團先去稻草人旅店辦理住宿，安置好行李，簡單地開了個小組會議。

會議主要宗旨是如何分配隊伍去尋找羅莎琳德所在的照護院。

向旅店老闆打聽過，格里尼的照護院有四間，兩間正好位於旅店和羅森家所在的弦月區。剩餘兩間都相當遠，假如不分頭行動，只怕會花太多時間。

小組會議很快結束，得到的結果是珊瑚和翡翠一起，瑪瑙跟珍珠，再附帶一個斯利斐爾。

「好耶！珊瑚大人跟翠翠！」珊瑚舉起標有「翠」字的籤紙，一手激動地握成拳，為這個結果開心不已。

瑪瑙面無表情地看著自己的籤，再看向珊瑚手中的，像在衡量如果將對方的籤搶過來，翡翠會不會就同意換搭檔。

這念頭只停留幾秒就被一掌拍熄，分析出來的結果告訴瑪瑙，倘若他這麼做，還是不會得到他想要的結果。

必須換個方法。

只見高大的白髮青年瞬間籠罩著傷心欲絕的氣息，金眸不時瞥向翡翠，眼神裡似乎帶著哀怨與祈求，就像即將被主人拋棄不管的大狗狗。

珊瑚一見瑪瑙這副模樣，腦中直覺響起警報。她正要跳至翡翠面前，極力捍衛自己與翡翠行動的權利，就見到翡翠伸手摸了摸瑪瑙的腦袋。

珊瑚腦中的警報聲越來越大，她流露焦急，就怕翡翠真的心軟改變主意，她都看見瑪瑙的嘴角彎起了不明顯的弧度。

就連瑪瑙也以爲自己肯定要成功了，沒想到懷中突然被塞來一顆球。

或者說，球形的眞神代理人。

「瑪瑙乖啊，別怕，有珍珠跟斯利斐爾在呢。要是不安，就用力地掐緊斯利斐……嗚喔！」大力向瑪瑙推薦安心妙招的翡翠被當事球不客氣地砸中下巴，差點咬到自己的舌頭。

珍珠一向不在意跟誰同組，能跟翡翠一起當然最好，但沒有的話，她依然能自得其樂，只要給她書就可以，最好是伊斯坦的作品。

「好了，瑪瑙，不要在這繼續當雕像了。」珍珠闔起書，輕飄飄地扔下一句，「要是想有更多時間和翠翠待一起，我們快點結束工作，去找翠翠不就可以了？不過要是你再繼續不動……」

珍珠話還沒說完，瑪瑙立即動了。

某方面來說，珍珠也相當懂得如何操控瑪瑙呢。

翡翠看著旅店老闆提供的地圖，上面圈了四個紅點，分別是照護院的大致位置。

翡翠與珊瑚剛從第一間照護院離開，他們一無所獲。照護院的人表示並沒有任何一位叫羅莎琳德的人。

既然如此，翡翠他們便往第二間前進。

一路走來，他們有時會在街道上看見尋人啓示，從畫像和寫下的特徵來看，失蹤的皆是妖精族兒童，或許也可能是半妖精。

「要是瑪瑙不見的話，珊瑚大人可以勉強貼幾張這種圖來找他。」珊瑚挽著翡翠的手臂，和他說著悄悄話。

「眞的？」翡翠微微一笑，覺得自家小精靈間的感情果然還是不錯的，「那如果是我不見呢？」

話一出口，翡翠就發覺珊瑚抓著自己手臂的力量驟然加大，一絲懊惱迅速浮上心頭，他自責著不該提到這個話題。

數個月前，他的小精靈們切切實實地曾經失去過他一次。

「不貼。」珊瑚仰高臉，桃紅的瞳眸瞬也不瞬地注視著翡翠，眼中像燃燒著不滅的焰火，「因爲翠翠才不會再不見，珊瑚大人還有珍珠、瑪瑙，我們會一直把你抓得緊緊的！絕對、絕對，不會放手！」

翡翠愣怔一瞬，隨後漾起更柔和的笑容，「不用抓也沒關係，因爲我會先抓得緊緊的。」

「嗯嗯，翠翠說好的！」珊瑚咧嘴一笑，毛茸茸的腦袋往翡翠肩側直蹭，宛如撒嬌

的小動物。

翡翠二人接著去的是阿勃勒照護院。

如同呼應院名，從大門外就能瞧見院內栽種了眾多阿勃勒，高挺的樹木相連一片，像是座鬱鬱的小型森林。

金黃色的花朵匯集成串，猶如結實纍纍的金色葡萄垂掛在枝葉間，邊緣染上夕照的光芒，像是隨時會竄起橙紅火焰。

翡翠他們穿過林中小徑，來到了一幢純白的建築物前。

階梯上正好有人在掃地，一抬頭便注意到翡翠與珊瑚的身影。

「哎，你們是來探視的嗎？」臉上有雀斑，笑起來溫婉的女子親切地為他們引路，「進去裡面左手邊就有登記櫃台，不過我好像是第一次見到你們呢。」

「妳好，我們是來探望羅莎琳德的，我們是她遠方的親戚。」翡翠若無其事地為自己和珊瑚安了個假身分，「許久沒見到她了，不知道她最近情況還好嗎？」

這招在上一間照護院也用過，可惜羅莎琳德不在那邊。

「羅莎琳德？」女子微蹙著眉，面露思索。

「她是妖精族的。」翡翠加上特徵。

「妖精族」三個字顯然觸動了女子的記憶，原先蹙起的眉頭頓時舒展開來，「啊，我想起來了，古森妖精的羅莎琳德。這時間她應該在後面的樹林裡，你們先進去登記，貝絲會帶你們過去找她的。」

「太謝謝妳了。」翡翠笑容真摯，美麗的笑顏瞬間讓女子幾乎看呆了。

翡翠可沒想到運氣居然這麼好，就這樣順利找到了目標人物。

看樣子真神雖然沉睡了，但多少還是有保佑他這個辛苦又勞碌命的精靈王。

「斯利斐爾，我們這找到人了，在阿勃勒照護院。」翡翠在腦中向另一端的真神代理人傳達消息，「跟瑪瑙和珍珠講，不用再找下去了，這裡有我們在，他們可以先到街上逛逛。」

不過翡翠也清楚自家小精靈的性子，珍珠還好說，瑪瑙恐怕會固執地非要到阿勃勒照護院來不可。

想了想，翡翠再補上一句，「就說，這是我的命令，晚點我們直接在旅店碰面。」

交代完後，翡翠和珊瑚進入了屋子內，很快就在左邊櫃台找到了貝絲。

貝絲是名妖精，聽到他們提起羅莎琳德，馬上露出了笑容。

「原來你們是來看羅莎琳德的嗎？她在後面樹林那邊，我帶你們過去吧。」確認過翡翠二人的身分文件、辦完登記手續後，貝絲領著他們從另一邊的側門繞出去，沿路簡單說明了羅莎琳德目前的狀況。

「她的精神很不錯，前陣子有點小感冒，現在已經恢復得差不多了。依舊不太能認人，但簡單的對談沒問題。只是大部分時候，還是會沉溺在自己的世界裡……你們可以試著跟她多聊聊以前的事。」

得知羅莎琳德罹患失智症時，翡翠多少已做了心理準備，他們這一趟很可能會徒勞無功。

要說失望，肯定是有的，但不代表他們會因此停下追查伊利葉的腳步。

後院樹林佔地比前院更廣，放眼望去是生機蓬勃的蒼綠與明亮的金黃，落日餘暉則替這座林子再添上幾筆瑰麗色彩。

「看到了，羅莎琳德就在那裡。」貝絲忽地指著前方說道。

在一棵開得正盛的阿勃勒下，一名淡金髮色的年長女性坐在輪椅上，髮間露出的尖長耳朵說明了她妖精的身分。

她抬頭望著樹，臉上帶著專注的神情，彷彿那邊有什麼極爲吸引她的東西。

翡翠看了眼，只瞧見點點綠葉與金黃花串。

超過兩百歲的羅莎琳德，看起來就像是六十多歲的人類女性，擱在膝蓋上的雙手不再光滑白皙，爬上了細紋，染上了斑點。

但她的神情帶著少女般的甜美。

貝絲的音量沒特意放低，羅莎琳德卻像渾然沒注意到，反而是在旁看護的年輕女孩望了過來。

貝絲上前與年輕女孩交談幾句，後者往翡翠二人投來好奇的一眼，接著點點頭。

「你們慢慢聊吧，莉娜不會打擾你們的，我先回去了。」貝絲說完便離開。

就如貝絲所言，年輕女孩退到一邊，爲他們留下足夠的隱私空間，但只要羅莎琳德一喊，她又能及時趕至。

「妳好呀，羅莎琳德。」翡翠在羅莎琳德面前蹲下身，由下而上地仰望著她。

羅莎琳德此時才像被驚動，她眨眨眼，收回視線，與那雙黑水晶般的眸子對望。

「你好，你好，你們好。」羅莎琳德爬上皺紋的面容漾開一抹純真的笑，她翠碧的雙眸如同孩童一樣天眞無邪，「你們眞漂亮。」

「謝謝妳，妳也很漂亮呢。」翡翠柔和地說。

「要吃糖嗎？」羅莎琳德從口袋裡拿出一把糖果，滿心期待地捧向翡翠和珊瑚，「是最好吃的，請你們吃。」

「謝謝，我們很喜歡糖果。羅莎琳德，妳認識伊利葉嗎？」翡翠挑走了幾顆糖，放慢語速，雙眸專注地凝望對方的面容，「大魔法師伊利葉。」

羅莎琳德輕歪了下頭，茫然地眨眨眼，儼然不明白翡翠在說什麼。

「就是那個眼睛蒙紅布條，很壞很壞的大壞蛋……」珊瑚忽地面露遲疑，「啊，好像也不對，以前沒蒙布條，書上的畫像沒有。」

「聽說伊利葉少年時期曾和古森妖精一起生活，妳還有印象嗎？」翡翠鍥而不捨地問道：「他是不是也曾在格里尼待過？」

羅莎琳德突然轉開視線，重新落至樹上。她盯著樹，嘴裡喃喃地說，「金色的花，也好看……很多花開了，山裡有很多花開了。」

「羅莎琳德？」翡翠輕喊了幾聲，但始終喚不回年長妖精的注意。

羅莎琳德彷彿沉浸在自己的世界裡，對外界的聲音不聞不問，目光像在看著一串串懸掛在綠葉間的金黃花朵，又好像是透過那些花，看向了更遙遠的回憶。

眼看羅莎琳德對翡翠的呼喊遲遲沒有回應，珊瑚耐不住性子地想上前一步，但被翡翠攔下。

翡翠朝珊瑚搖搖頭，音量放得更輕，「她想睡了，我們別吵她。」

就如翡翠說的，原先眺望前方的羅莎琳德不知不覺微晃著身子，眼皮一再地掉下，最後像抵抗不過湧上的睡意，雙眼闔上，呼吸聲跟著變得緩慢平順。

「她……」珊瑚剛發出一個音，立刻改用氣聲說話，「睡著了？這麼快就睡著了？」

「嗯，所以我們小聲點。」翡翠起身，朝站在不遠處的年輕女孩招了招手，等對方走近，再小聲地說，「羅莎琳德好像睡著了。」

「因爲年紀大，她常常在外面坐著坐著就睡著了呢。尤其是這個時間點。」女孩輕聲向翡翠二人解釋，「我先送她回去吧，如果你們還想再來探望她，建議挑中午後，她在那時精神一向最好呢。」

翡翠思索一下，決定明日再來一趟，他和照護院約好時間，這才帶著珊瑚離去。

✣✣✣

羅森簡單地弄了飯菜再倒上兩杯酒，招呼著留宿在他家的烏蕨一起吃晚餐。

「你那可笑的裝扮能換下了吧。」羅森對仍一身玩偶熊裝的烏蕨翻了個白眼，「你們公會是有什麼毛病嗎？居然讓你穿這玩意工作。」

「公會對個人喜好一向不干涉。」烏蕨絲毫沒有起身換衣服的打算，他伸手往下巴處一拉，那裡原來有道不甚明顯的拉鍊。

隨著拉鍊拉開，他將頭套稍微往上一推，卻只露出下巴部分，整張臉依然藏在陰影中，看也看不清。

「眞神啊，我的朋友眞的有毛病……」羅森受不了地敲敲桌子，「確定要這樣吃飯？」

「確定，以及肯定。」烏蕨探向桌上的麵包，往頭套內塞去，慢條斯理地咀嚼。

羅森忍不住又翻一次白眼，他搖搖頭，對這個有怪癖好的朋友也無可奈何。他看著那隻默默吃東西的大熊，倏地生起找碴的心思。

「等等，你頭套不摘下來，萬一底下藏的其實是別人怎麼辦？」

「你覺得有這可能嗎？」

「誰知道啊。快摘、快摘，沒露出你的臉，信不信我把你打飛出去？」羅森露出壞心眼的笑容，展現手臂傲人的肌肉，「如何啊，烏蕨．麥爾西？」

「幼稚。」烏蕨給出了評論，吃東西的速度沒有因此慢下，面前的食物規律且快速地減少著，「你都喊出我的名字了，表示你早就確認我是誰。」

「嘖，你這人是不會配合一下嗎？」羅森咂了下舌，大感無趣。當他一回神，頓時驚覺桌上的食物竟被烏蕨掃去大半，「喂，你好歹拿出點客人的樣子吧，在主人面前竟然如此不客氣！」

「哪裡。」烏蕨泰然自若地將這當成了讚美。

羅森就像一拳砸進了棉花裡，索然無味地放棄找碴。這種無趣又欠揍的態度，除了烏蕨．麥爾西，他真想不出來還會有誰。

「不過既然你懷疑我可能不是本尊……」把烤得焦脆的金黃麵包塞進頭套底下，烏蕨邊吃邊慢吞吞地說道：「那我還是亮出一些證據好了。你的信，你寄了兩封信給我。」

說起信件的事，羅森反倒有些不自在。他摸摸鼻子，眼神游移一下，「你說那個啊……咳，第一封你就當沒看到吧，我那時一定狀態不佳……」

「你說下雪了，還看到很多白色的花開在你家。」雖然相處過程中沒感受到一絲異樣，眼前的人怎麼看都是自己朋友，但烏蕨仍想測試一下。

所以他故意說錯了第一封信的內容。

羅森對此的反應是馬上瞪大眼，「什麼開花？我家才沒開花！你記憶力不行了嗎？我明明是說人開花，但是……」

羅森黝黑的臉霍地皺在一起，眉宇間有著深深的摺痕，猶如碰到令他百思不解的問題。

「我那幾天是誤吃什麼毒蘑菇才產生幻覺，或者是我作夢……我居然會寫出那種信給你。人開花？人哪可能會開花嘛！」

烏蕨細嚼慢嚥地吞下麵包，「人的屍體當成土壤來看的話，種子種下去還是能開花，開始進入腐爛期的狀態應該是最適……」

「靠靠靠！」羅森惱怒地在烏蕨面前舉起拳頭，「少說那種影響人食欲的話，吃你的東西吧。」

透過特製的熊頭套，烏蕨可以清楚看見羅森的所有表情變化，一切都符合他記憶中的印象。

加上羅森說的那些話相當合情合理。

可也因爲如此，烏蕨才難以擺脫心中那抹奇異的違和感。

太合理了，才讓人感到不合理。

羅森看似大剌剌，但絕不會無的放矢，若沒有緣由，是不可能會寄出第一封信的。

這也是烏蕨特意從華格那趕來格里尼的原因。

縱然心中堆積著諸多疑惑，烏蕨依然不動聲色，若無其事地享用著晚餐，並且毫不客氣地把最後一塊好吃的麵包奪走。

夜色更深，格里尼弦月地區幾乎被寂闃包圍，不管屋內或屋外都是靜悄悄的。偶爾會聽到野貓的細細叫聲。

烏蕨在格里尼的這陣子都會借住在羅森家，他睡在二樓臨時清出的客房，那裡本來被羅森當成儲藏室，亂七八糟的東西四處堆疊。

但此時躺在客房床上的，並不是大玩偶熊，而是一名灰藍色頭髮的高大男人。

他的頭髮半長不短地落在肩頭上，凌亂又鬈曲的髮絲乍看下宛如深海中的海草。他閉著眼，雙手規規矩矩地交握在胸前，睡姿可以稱得上是一絲不苟。

床上的這人自然就是烏蕨．麥爾西。

就算他的癖好再怎麼奇特，也不至於睡覺時還穿著那身會妨礙睡眠的裝扮。

烏蕨很注重睡眠品質，屬於早睡早起一派，每天起碼要睡九個小時以上。

這全是因爲春麥曾言之鑿鑿地告訴他，睡飽飽的烏蕨，整隻熊都會跟著一起容光煥發，是最棒的熊了！

姑且不論玩偶熊套裝要怎麼容光煥發，總之烏蕨對春麥的說法堅信不移，並且全力執行。

如果沒有外界的干擾，烏蕨通常睡得很熟，可以直接一覺到天亮。

但有時也會有意外。

本來進入深深睡夢中的男人忽地皺下眉，接著眉頭越皺越緊。

下一瞬，被強烈喝水欲望驅使的男人不得不放棄睡眠，睜開了眼睛。

烏蕨望著黑漆漆的房間半晌，口乾的不適催促他趕快行動。他嘆了口氣，俐落地自床上坐起，摸黑至房外找水喝。

狹窄的走廊上留著一盞小燈，昏暗的黃光提供了基本照明。

烏蕨走下樓，在廚房裡喝完水，轉身就要再折回自己房內，卻發現羅森位在一樓的臥室正門扇大敞。

烏蕨只瞄了一眼便打算上樓，他對羅森晚上喜歡關門睡或開門睡，沒半點興趣。

可才走了幾步，烏蕨驟然停下，他意識到一個不對勁的地方。

羅森睡覺會打呼，有門隔著可能還聽不清楚，但如今門戶大開，裡頭卻是一片安靜無聲？

簡直像是沒有人一樣。

烏蕨神色一凜，三兩步接近羅森的房間。

羅森的習慣沒有改變，依舊會開著床頭小燈。燈光雖然微弱，但足以照映出床上的空無一人。

羅森不在臥室裡。

烏蕨快速打量房內一圈，床上被褥凌亂，似乎不久前還有人躺在那，也無掙扎或打鬥的痕跡。

整體觀察下來，就好像是……羅森自己起來，然後離開臥室。

但是，他會去哪？

「羅森！」烏蕨揚高聲音，在屋內尋找自己的友人。

可不論是一樓或二樓，都沒有找到羅森的身影。

烏蕨又到大門前察看，這才注意到門居然沒有上鎖，似乎不久前曾有人外出。

羅森外出了，在這種時間點？

烏蕨心中疑惑更甚，他沒有多加猶豫，打開門直接走出了屋子。

萬籟俱寂的街道上看不見任何人影，只有野貓被烏蕨的出現驚動到，尖細地叫了一聲，飛快逃竄向其他地方。

烏蕨在附近繞了一圈，依舊沒發現羅森。一無所獲之下，只能抱持著濃濃的疑惑回到屋內。

直到睡下，烏蕨都在想著同一個問題。

羅森他……半夜究竟去了哪裡？

第4章

當第一縷陽光自窗外射入，烏蕨的眼睫顫了顫，旋即睜開。

他的眼中一片清明，彷彿前一刻猶在深深夢境中的不是自己。

烏蕨很快打理完畢，這回他沒再穿上那套笨重的玩偶熊套裝，軍綠色大衣俐落一披，逕自往樓下走去。

一樓有人活動的聲音很明顯，間或夾雜著食物的香氣絲絲飄來。

從背影看像座小山的男人揮動著肌肉發達的手臂，靈活翻煎著鐵鍋裡的肉片和蛋。

聽到後方傳來沒掩飾的腳步聲，羅森轉過頭，「你起來……操！你誰啊！」

站在羅森面前的，是一名身高不輸他的男人。灰藍色的頭髮亂得像完全沒打理過，亂糟糟地結成一團，東翹西翹，彷彿生長得太過恣意的海草。

他的膚色很白，像是大理石那種沒有人氣的蒼白，襯得眼下的黑眼圈越發明顯。

羅森花了幾秒才猛然想起，這是自己那個總愛藏在熊玩偶裝底下的老朋友。

昨天一整天都是看著那隻熊在面前晃來晃去，才導致他見到烏蕨的眞面目時，反而沒反應過來。

「你今天竟然沒穿那身好笑的服裝了？」羅森大呼小叫，「眞神在上，你的腦子終於恢復正常了嗎？」

「大熊在曬太陽，還有通風。」烏蕨替自己的玩偶熊套裝還取了名字。

「啊……喔。」羅森用一言難盡的眼神看著這位友人，「那，祝它今天過得愉快。這個拿去，你的份。」

「我昨天半夜下來喝水，發現你不在房內。」烏蕨接過自己的早餐，猶然站著不動，「也不在屋內。」

「哈，這笑話眞好笑。」羅森隨口說著，將簡單調理過的醃肉夾進麵包內，直接抓著麵包咬了一大口，然後視線對上烏蕨那張活像永遠沒睡飽的臉。

那張臉上沒有任何開玩笑的意味。

羅森愣了愣，表情也從漫不經心轉爲吃驚，「等等，你說眞的？你眞的發現我不在？」

「對，不在。」烏蔽重複，「沒看到你的蹤影。」

「欸？這可真奇怪……」羅森似乎被這問題難住了，他撓撓頭髮，臉上是掩不住的疑惑，「但我真的沒印象，而且我醒來時就在床上……你確定你沒看錯？」

「要漏看像你那麼大一隻的存在，很難。」烏蔽說，「你完全不記得了嗎？」

「沒，我只覺得我睡了一場好覺。」羅森聳聳肩膀，「難不成我真的跑去屋外夢遊了？那我可真厲害，還能好好地走回床上睡覺。」

說到後來，羅森不禁哈哈一笑，沒將這事放在心上。

「我不知道你會夢遊。」烏蔽仔細關注羅森神情的變化，仍然找不到異樣之處。

「現在我們都知道了，反正沒出啥事就好。」羅森將早餐三兩口地塞完，他還有花店要顧，沒辦法在家裡待上太久，「我要去開店了，晚點還得去教堂那領東西，你自己找點事做吧。你的那票妖精朋友們不是在忙著找羅莎琳德，你不去幫個忙？」

烏蔽的回答簡單粗暴。

「他們又沒付我錢。」

要是讓翡翠知道只要付錢，就能瞬間獲得一位幫手，他……

他還是不會付錢的。

開玩笑，他最缺的就是錢！

扣掉平時生活花費，還有為了美食美食美食，再加上還得吃下肚的錢——是真吃下肚那種——翡翠覺得自己這個缺錢的精靈王真的太苦命。

說什麼他都不會再出額外的支出，況且只是找個人，他們的人手稱得上充足。

更不用說，如今他們已經找到羅莎琳德了。

與阿勃勒照護院約定的時間是下午一點半，在這之前，繁星冒險團一行人還有空檔在格里尼參觀。

這裡的居民幾乎都是半妖精，路上時常能見到有著尖長耳朵，可同時也有其他種族特徵的人走動。

像翡翠剛剛就看到同時有著妖精耳朵和毛毛貓耳的人走過去。

又繞過一處街角，翡翠幾人看到一條長長的隊伍，排隊的人男女老幼都有。

基於「排隊的可能都是好吃的店」這條規則，翡翠好奇地順著隊伍往前走，發現隊伍最前端是一間教會，而不是他想像中的餐廳或是攤位。

頭髮花白的老教士與穿著黑衣的青壯男子正在分送東西，旁邊還有幾名十來歲的孩子在幫忙。

「是小瓶子，裝了藍藍的東西。」珊瑚眼力好，馬上和翡翠分享所見，「前面的人拿了瓶子就走……翠翠，他們在幹嘛？」

「你們不知道嗎？」隊伍中有人聽見珊瑚追問，熱心地轉過頭想解釋，乍見繁星冒險團出眾的容貌，來到嘴邊的句子先是哽了下，接著才結結巴巴地說，「那、那是教會在發……發……」

「是賈斯汀教士在發祝福藥水啦。那些孩子是他收留的孤兒，另外幾個穿黑衣服的，好像是中央教團那邊過來的。還好有他們一起幫忙，不然光靠賈斯汀教士大概會忙不過來。」排在那人後面的婦人搶著將話接下去，「最近不是有那個……黑雪病出現。大家都怕碰到黑雪，教會發的祝福藥水聽說可以減少點病痛。別的地方不知道怎樣，不過我們弦月區會一個月發一次。」

「對對，沒錯。」一開始想為翡翠幾人解釋的那人也說道：「會連續發個兩天，大家都會趕來，要是分完了就得再等下一次了。如果你們想拿的話，也趕緊去排隊吧。」

說話間，隊伍持續往前，原本與翡翠他們搭話的兩人也匆匆向前走。

祝福藥水的事，翡翠曾聽公會負責人提過，不過這還是第一次見到分送現場。

既然不是送好吃的，他的興趣就打上了折扣，自然不會跑去加入排隊行列。

他可是還有其他計畫的。

難得這次只是單純尋人，而不是身負冒險公會的委託，也沒收到世界任務，可以說是少有的悠閒了。

既然如此，翡翠說什麼都不會放過機會。

格里尼的美食半日遊正在呼喚著他！

翡翠想得有多美好，斯利斐爾展現出來的手段就有多殘酷無情。

就算只剩下球形，威嚴絲毫不減的眞神代理人說，「您最多只能選一間店，如果您想再增加，那麼只要您吃一樣，就必須搭配三枚晶幣一起吃下。您可以提出反駁，但在下不會接受。」

翡翠眼中躍躍欲試的光差點全熄了。

任何再美味的食物只要配上晶幣，簡直就是悲劇中的悲劇。

「等等，你這是獨裁……」翡翠試著做垂死掙扎，「你不能……」

「在下能。」斯利斐爾冷漠地說，「因爲錢在在下這裡。」

斯利斐爾的一句話，打亂了翡翠的美食半日遊計畫，他只好忍痛將原本排好一、二、三、四、五、六順序的各種店家，從腦海中剔除。

只留下最後一間。

也是此刻離他們最近的香頌烘焙坊。

這間店是稻草人旅店老闆特別推薦，是本地人相當喜愛的店家，尤其他們推出的酒心蘋果蘑菇捲，更是廣受好評。

只不過蘑菇捲出爐時間不定，店長堅持這樣才能保持驚喜，因此想吃到它還得碰碰運氣。

「拜託眞神保佑……啊不對，祂們睡了還沒醒，總之拜託眞神代理人保佑一下吧。」翡翠對著空中的銀白光球雙手合十。

斯利斐爾沒有給予任何反應，但如果他的目光能具現化，大概就像在看一個傻瓜。

「麵包、點心、蛋糕、馬卡龍、奶油捲、酒心蘋果蘑菇捲……」翡翠像哼著歌似地唸著一串西點名字，眉眼充滿掩不住的期待。

香頌烘焙坊就在街角，立在門外的招牌顯眼，遠遠就能看到。

發現沒有長長的排隊人龍，翡翠在心中歡呼一聲，加快腳步往前跑。

一推開香頌烘焙坊的大門，沁入鼻腔的就是濃濃的麵包香氣。

翡翠深吸一大口，感覺身心都受到治癒。

「歡迎光臨！」綁著可愛馬尾的女店員上前招呼，臉上是甜甜的笑意，「嗨，我是安妮塔，今天店內有酒心蘋果蘑菇捲，剛出爐的，要不要來一個呢？」

翡翠雙眼發光，「要來五個！」

他打的主意很完美，自己和小精靈們各一個，斯利斐爾也一個，然後斯利斐爾的份當然是由他負責吃掉啦。

雖然斯利斐爾在這種事情上一點也不想保佑翡翠，但他們的運氣的確很不錯。店內的客人都是來外帶的，三角窗旁的座位無人佔據，由他們一行人獨享。

翡翠一口氣點了不少甜點、麵包，並振振有辭地對斯利斐爾說：「我只選一家店喔，點那麼多也是要大家一起吃，難道你想讓我們最可愛的瑪瑙、珍珠、珊瑚餓肚子嗎？」

基本上只吃晶幣，對食物沒有任何執著的精靈們一聽到自己被誇可愛，馬上熱情附和翡翠的意見。

點心和麵包很快就送到翡翠幾人的桌上。

「太棒啦，開吃了！」看著桌上琳瑯滿目的美食，翡翠的心情好到無與倫比。

烘焙坊三角窗位置採光佳，又坐著四名容貌極爲出眾的客人，頓時形成一幅賞心悅目的風景，讓不少路人忍不住佇足。

一雙黑色的長靴忽然也在窗前停下。

下一秒，輕敲玻璃的聲響從外邊傳來，也讓埋頭苦吃的翡翠和背對窗戶的瑪瑙他們紛紛轉過了視線。

翡翠嚥下口中的食物，黑眸裡出現訝然。

珊瑚最快喊了出來。

「是大兔子！」

站在三角窗外、與翡翠幾人對視的，赫然是神厄的瑞比・瑞比特。

來格里尼這趟，瑞比是不甘願的。

「護送」這種無聊的任務，明明交給那些榆木腦袋的武裝教士就好，他們肯定會興高采烈地接受。

畢竟被護送的是那位堪稱教團偶像、廣受教士們歡迎的珂妮．邦妮。

又被稱爲預知的珂妮。

珂妮夢到了某個地方將會發生攸關法法依特大陸的大事，綜合她夢境中的提示，教團一一排除後，終於鎖定了格里尼。

格里尼的弦月區。

而瑞比，當時剛好在花園偷懶睡覺，被主教長逮個正著，就這麼被迫多了工作。

來到格里尼幾天了，珂妮究竟有沒有新發現，瑞比不知道，他只知道他實在不想再看見兔兔牌番茄汁了。

地兔族的傢伙到底對這種東西有多執著啊！

反正人是護送到格里尼了，今天瑞比就將珂妮塞給隨行的護衛隊，自己跑了。

他也沒什麼一定要做的事，只是想獨自東晃西晃，結果晃到了一間烘焙坊外。

比起西點麵包，瑞比更鍾愛冰涼的飲料及大量冰塊。他喝飲料都是冰塊整杯加到滿的，就算飲料只有一點點也無所謂。

但隨著瑞比的目光無意識移到了烘焙坊的三角窗、看到坐在窗後的幾人，他原本欲跨出的步伐瞬間停住。

「那不是……」瑞比瞇細眼，他認出那是繁星冒險團，裡頭還混著一個他不認識的陌生人物。

那是一名綠髮黑眸的美麗妖精。

換作平常，不管這人長得多美，瑞比向來懶得多看。當他需要多看幾眼的時候，通常是因為那人是他的開槍目標。

而這一次，瑞比會盯著那名綠髮妖精不放，並不是對方在他的狩獵名單上，而是他驟然想起了路那利的交代。

曾經同為神厄成員的水之魔女路那利是個怪人，嘴巴毒、手段狠，還厭惡男性，覺得他們的存在污染了自己的周遭環境。

即使如此，瑞比還是與他維持著不錯的交情，就算對方退出神厄後，也仍然保持著聯絡。

一來，兩人在神厄時是工作搭檔；二來，路那利太有錢了。

幫路那利跑個腿或傳個話，往往能獲得一筆不少的報酬。

瑞比打量窗後的綠髮妖精一番，確認對方的特徵都符合路那利曾告訴過自己的，於是他屈起手指，敲了敲面前的玻璃窗，吸引裡面幾人的注意力。

與繁星冒險團打了聲招呼，瑞比繞到香頌烘焙坊正門處，剛推開大門，一聲叫喊率先落入他的耳中。

「瑞比前輩！」

靠，這女人也太煩了吧！瑞比不耐煩地咂舌，假裝沒聽見地往前走。

可沒想到他的兔耳帽猝然被人自後一把揪住，那一下的力道太大，差點讓他的腦袋整個往後仰。

「珂妮．邦妮，妳是想找死嗎？」從珂妮手中搶回自己的兔耳帽，瑞比射出的目光如小刀一樣，毫不客氣地往珂妮身上戳。

珂妮對那些眼刀視而不見，伸手推開擋在門口的瑞比，「瑞比前輩，堵在門前是不好的習慣，你會妨礙客人進出的。」

「那幾個蠢蛋呢？怎麼沒跟妳在一塊？」瑞比指的是那些應當在珂妮身邊保護的護衛隊。

「安德魯三人留在教會幫忙賈斯汀教士了，艾力克隊長他們剛剛都還跟我在一起，不過我看到你了。」珂妮笑容滿面地說，「他們一聽說瑞比前輩會負責保護我，就放心地讓我過來了。」

瑞比朝天空翻了下白眼，不用猜也知道，那群武裝教士終於受夠兔兔牌番茄汁的茶毒，把責任塞到他這邊來了。

一群欠揍的王八蛋！

「聽說這裡的酒心蘋果蘑菇捲很好吃，我一直想來……啊，珊瑚、珍珠、瑪瑙！」在店內發現熟悉面孔的珂妮馬上把瑞比拋到後方，開心地往三角窗位置走去。

「好久不見，沒想到會在這碰見你們呢。這位是……」

珂妮疑惑又驚艷的目光落至翡翠臉上。

在她見過的人當中，路那利、瑪瑙、珍珠、珊瑚已經是長相最出眾的，可眼前這位綠髮妖精的美貌，簡直就像會發光。

「你就是路那利說的翡翠？」換瑞比迅雷不及掩耳地扯住珂妮的兔耳帽，把人粗魯地往後拉，一點也不憐香惜玉。

瑞比直勾勾地看著翡翠，雖說使用的是疑問句，可句子裡的語氣卻是極為肯定的。

路那利說過的話在瑞比腦中浮現。

「他有著像春天嫩葉的綠頭髮，如同黑珍珠剔透的眸子，眼下還有像淚水一樣的小小寶石……不管哪一部分都完美無瑕。」

當時路那利的語氣宛如在詠唱著情詩，瑞比幾乎以為他瘋了。

覺得男人全是垃圾的水之魔女居然會迷戀男性？

不過近距離面對翡翠後，瑞比倒是能理解路那利的反常了。

很簡單，那張臉太好看了。

見還有空位，瑞比不客氣地一屁股坐下，還不忘回頭指使珂妮，「去幫我買個酒心蘋果蘑菇捲。」

「等等，明明是我先跟他們打招呼的，瑞比前輩你這樣會不會太過分？」珂妮就算是不高興地指責人，聲音也是軟軟細細的。

「妳的路那利前輩委託我一件很重要的事跟他們談。」瑞比敲敲桌子，「很重要，所以我需要吃東西。」

明明前後句子沒有半點關聯性，但只要聽到崇拜之人的名字，珂妮立刻暈乎乎地照著行動。

「總之你就是翡翠對吧。」見翡翠點頭，瑞比咧開張揚的笑，「我來幫路那利傳個話，他說他還在準備，等準備好了就會來找你，順便要我多關照你一下。我是神厄的瑞比，那邊那個是珂妮。」

「大兔子你不用介紹啦，翠翠他早就知道了。」珊瑚得意洋洋地說。

瑞比也沒多想，只以爲是路那利曾向翡翠提及他們。

「準備？路那利是想準備什麼？」翡翠還是摸不清楚那位水之魔女的想法。

「誰知道，也許想著準備一棟寶石屋給你住吧。」瑞比隨口一說，「如果你到時不想要的話，就送我吧。」

「那怎麼行？路那利前輩送給別人的東西，瑞比前輩要是搶走會遭報應的。」端著食物回來的珂妮馬上討伐瑞比，「所以最後的酒心蘋果蘑菇捲和紅茶就歸我了，瑞比前輩你就喝水吧。」

「啥？喂，妳！」瑞比立刻動手想搶。

但珂妮比他快一步，酒心蘋果蘑菇捲馬上被她咬下一大口，還留下了清晰的齒印。

瑞比登時一臉嫌棄，食欲也沒了，他才不想吃珂妮咬過的東西。

「初次見面，你好啊，翡翠先生，我是珂妮。」珂妮還記得瑞比方才提起的名字，「我有聽說繁星冒險團新加入了一位很漂亮的妖精，一定就是你了吧。」

「翠翠才不是新加入，他是……」珊瑚的話說到一半，就被珍珠和瑪瑙同時在桌子底下用力地踩住腳，她差點「嗷」的一聲喊出來。

珍珠似乎早已預見她的反應，飛快將麵包塞入她剛張開的嘴，成功堵住聲音。

「我們是在海棘島碰到翠翠的，這一定就是所謂的緣分。」珍珠就算是隨口胡謅，沉靜的眼神看起來依舊充滿說服力，「是眞神讓我們彼此相遇，讓翠翠成爲我們最重要的同件。」

瑪瑙全權交給珍珠自由發揮，旋即敏銳地發覺到，有道視線不時往他們看來。更準確的說法，是在偷瞄他們當中的翡翠。

瑪瑙不動聲色地順著視線來源望去，發現偷看的人是方才招呼他們的馬尾女店員。

瑪瑙瞬間做出評斷——弱小、沒有危險性。

既然不具威脅性，瑪瑙便不再多加關注，順便替翡翠把離得最遠的那塊蛋糕挪來。

看著做成童趣白蛇模樣的蛋糕，翡翠心念一動，跟著被勾起那日在緋月鎮月山的記憶。

他想到自己來不及吸收完畢的神之擬殼，想到被伊利葉帶走的那兩人……

其中一人的腳踝處，有著一枚小小的蛇形刺青，張開的蛇口好像還咬著什麼。

之前忙著追查伊利葉的身世，想釐清身爲妖精的他爲何想抹殺精靈，導致翡翠一時將刺青的事忘了。

他看著面前的瑞比和珂妮，突然想起神厄的人也是大陸遍地跑，說不定曾在哪裡見過類似的圖案。

再不然還有個會預知的珂妮，也許她哪一天看到了呢？

翡翠心裡這麼想，也直接問了出來，「你們有看過……蛇咬著某個東西的圖騰嗎？」

「你說咬著什麼？」瑞比懶洋洋地瞥來一眼。

「就是不確定咬著什麼……才覺得傷腦筋。」翡翠苦惱地戳著蛋糕，「只能確定是蛇咬著東西就是了。」

「喂喂，那也太籠統了吧。」瑞比嫌棄地說，「大陸上一堆組織的圖騰都跟蛇有關，嘴裡咬東西的也不少，你這是在玩猜謎遊戲嗎？」

「瑞比前輩，耐心、耐心，耐心是美德。」珂妮不贊同地說道，「這時候你應該遵循眞神的教誨，耐心地爲翡翠先生解釋才對。」

「對個屁。」瑞比冷笑，「幹嘛不是妳遵循？妳來啊。」

「來就來。」珂妮抬頭挺胸，像背書似地唸出一串串名字，「睦恩商會、幻蛇獵團、烏克利利獵團、南月冒險團、月照會、綠土傭兵團……啊，還有個離你們塔爾很近的，昆拉學會，古森妖精族組成的，專門研究兔兔牌番茄汁對不同種族的人的影響……然後就是……」

珂妮起碼背了整整三分鐘才停下，過程中，翡翠已經被諸多沒聽過的名字繞得頭暈眼花了，只記得一堆會會會或團團團的。

「怎樣？有哪個符合嗎？」珂妮滿懷期待地問。

瑞比看向珂妮的眼神則寫滿鄙夷，「妳是豬腦袋嗎？妳只唸名字，誰知道那些組織的圖騰是長怎樣啊，而且妳還漏了一個吧。」

「咦咦？哪個？」珂妮吃了一驚，她對自己的記憶力一向很有信心，「在大陸活躍的組織我都沒漏掉才對呀。」

「之前活躍，現在則要死不活的……」瑞比屈指敲敲桌面。

「啊！榮光會！」珂妮恍然大悟，「他們的圖騰是銀蛇銜葉，蛇嘴裡咬著三片金色葉子。」

「榮光會……」翡翠若有所思地呢喃這個名字。

「在瓦倫蒂亞黑市稱王的那個，你們繁星不也去過那邊？聽路那利說你們還差點掀了人家榮光會地盤……喔不對，你那時還沒加入。」

不，其實我一直都在——基於瑞比他們還沒恢復記憶，翡翠只好在心中默默說著。

「記得他們身上大多會佩帶印有徽紋的小飾品。」珂妮也跟著回想，「我以前打飛過的一位就是戴著銀蛇銜葉的耳環呢。」

第5章

榮光會。

翡翠自是還記得這個組織，瓦倫蒂亞黑市的掌權者。

暗夜族的皇女遭人擄走後就是被帶到榮光會的拍賣會，差點要成爲珍稀商品販售。

然而躲過了榮光會的魔掌，那名稚嫩可愛的小女孩卻沒躲過黑雪的吞噬，轉眼便與她的近衛，和更多從瓦倫蒂亞黑市中逃出的人一塊化爲灰燼。

黑雪也是從那一刻起，正式進入世人眼中。

「自從奇美拉實驗被挖出來後，那組織也被鏟得差不多了……」瑞比說到一半，又瞥了翡翠一眼，「喔，我又忘記了，那時候你也還沒加入。」

不，其實我……算了。

翡翠決定還是放棄吐槽了。

不過，自己當初在人偶上看到的圖騰，跟榮光會的是同一個嗎？

翡翠只記得人偶的腳踝上有條蛇，卻無法確定完整圖案究竟長怎樣。但縹碧……伊利葉外貌的改變，確實是在榮光會事件落幕後。

「我變得更完美了。」雙眼蒙著紅布的黑髮男人如此說道。

也許……榮光會和大魔法師伊利葉之間眞的有不爲人知的牽扯？

想到榮光會的奇美拉實驗，再想到月山洞窟內碰上的奇美拉，翡翠暗地將這條線索記下，等之後再委託桑回幫忙。

既是公會負責人，亦保留了這幾個月記憶的桑回，可說是最適合的人選了。

「好了，話也帶到了，這幾天我們估計還會待在格里尼，有要我幫忙就到弦月區教堂旁的旅館找我。」瑞比作勢起身，眼神卻盯上翡翠面前還沒動過的肉桂奶油千層派，下一瞬他迅如雷電地出手。

但坐在翡翠身邊的瑪瑙比他更快，縮小版的羽刀快狠準地戳刺在肉桂奶油千層派之前，堵住了他意圖不軌的手。

搶派失敗的瑞比彈下舌，改將矛頭轉向珂妮，「珂妮，妳也該走了，把妳的屁股從椅子上拔起來。」

「等我吃完啊，瑞比前輩。你要多跟路那利前輩學學，他多有耐心。」

路那利有耐心？這絕對是瑞比聽過的最大笑話。他正要大肆嘲笑珂妮的這番言論，前一秒還在和翡翠他們說說笑笑的珂妮，下一秒竟無預警往他身旁一倒，手中的杯子也跟著摔落在地，熱紅茶流淌一地。

「喂，珂妮！」瑞比眼疾手快地撐住人。

杯子破碎的聲音引來了店內其他人的注意。

原本正在上架新出爐麵包的安妮塔嚇了一跳，東西一擱，連忙往這跑過來，「這位客人還好嗎？需不需要找人幫忙？」

「不用，沒妳的事。」瑞比強硬地將人趕走。

「咦？但、但是……」

「啊啊？叫妳滾還聽……」

「……瑞比前輩眞的太沒禮貌了。」微弱的女聲打斷了瑞比的出言不遜。

「我現在讓妳摔地上，妳就知道什麼叫沒禮貌了。」瑞比冷笑一聲，毫不猶豫地鬆了手。

珂妮及時扶著桌子，她轉頭對安妮塔道謝，「謝謝妳，但真的沒事了。」

「啊，好的……我替您換個新杯子吧。」安妮塔快速地將地上碎片收拾乾淨，再拿了一個新杯子過來。

一等安妮塔離開，瑞比銳利地掃向珂妮，「喂，妳剛該不會是……」

「我看到了，雖然很短暫。」珂妮雙手交握，斂起唇邊的笑意，她的目光直直地望向翡翠，「但，是關於你們的。」

翡翠霎時捏緊叉子，頭皮發麻，一股顫慄一口氣竄上後背。

他知道珂妮的特殊技能是預知，她能看到未來的線索或片段畫面。

但他更沒忘記，上一回珂妮對他們吐露的預知內容是——

你們當中，將會有人死去。

在浮空之島，要不是翡翠以身代之，印證預知結果的就會是瑪瑙、珊瑚和珍珠了。

「你覺得我們現在就跑怎樣？」翡翠慌到有些失了方寸，只能說珂妮先前帶給他太大的陰影。

「那也不會改變她的所見。」一直窩在翡翠口袋內的斯利斐爾平淡說道：「您只需要知道，不管發生何事，在下……」

「你都會在我身邊，那能不能先變成鬆餅形狀？」

「您想多了。」斯利斐爾果決收回原本想安慰的話，「閉嘴，然後聽吧。」

在翡翠的提心吊膽中，珂妮．邦妮宣告了她的預知。

「繁星啊……在格里尼，請你們務必小心夜晚。」

直到瑞比和珂妮告辭後，翡翠才霍然從珂妮的預知內容中回過神來。

他大大地鬆了口氣，繃得如弦線的身子也跟著放鬆不少。

小心夜晚，這聽起來可比你們當中有人會死去安全太多了。

「嚇死我了……」翡翠不自覺地說出來。

「欸欸欸？什麼東西嚇到翠翠，難不成是那兩隻兔子嗎？珊瑚大人立刻替翠翠去抓他們回來！」珊瑚握住拳頭，眼看下一秒就要竄出香頌烘焙坊。

「妳就快去吧，今天不回來也沒關係。」瑪瑙對待珊瑚的態度格外冷漠敷衍，但一轉頭面對翡翠，眼神立時變得像幼犬濕漉漉的，「我留下來陪著翠翠，翠翠你別怕，我一定會待在你身邊的。」

珍珠按著額角，輕輕地吐出一口氣，另一手迅速抓住還真的要衝出店鋪的珊瑚。

「珍珠妳幹嘛？快鬆手，我要去把瑞比和珂妮抓回來！」珊瑚急著嚷。

「抓回來要幹嘛？他們又不是真的兔子，也不能烤給翠翠吃。」珍珠理性分析，「妳冷靜點，先聽翠翠把話說完。」

「我沒事，只是……喔對了，肉桂奶油千層派差點被搶走，真的是嚇到我了。」面對三雙緊盯著自己不放的眼睛，翡翠馬上編造了一個可信度十足的理由。

三名精靈相當了解翡翠護食的程度，一下就被說服了。

「果然，還是該剁了那隻手的。」瑪瑙低聲吐露遺憾之意。

「您怎麼看珂妮說的那句話？」斯利斐爾從翡翠口袋內飄出來。

「就照她說的，夜晚多加注意囉。」翡翠把從瑞比手裡保住的千層派三兩口塞完，要離開時，目光還依依不捨地停留在擺放眾多麵包的架子上，「斯利斐爾，我……」

「只要您配著晶幣吃，就可以。」斯利斐爾表示自己很好說話。

「算了，我覺得我不可以。」翡翠認命地往前走，他剛踏出烘焙坊幾步，身後就傳來一陣叫喊。

「先生，請等一下！那位綠頭髮的先生！」名叫安妮塔的女孩急急追上來，從口袋裡抽出一個白色信封，「這個，是有人要我交給您的！」

「咦？」翡翠愣住，「給我的？」

「是的，您是翡翠先生對吧。」安妮塔把信往前遞，「我很確定是給您的。」

翡翠完全不明白眼前是什麼情況，他下意識地接過信，想再問問安妮塔，可她的臉上驀地出現剎那的茫然。

再下一秒，安妮塔眨眨眼，像是不理解自己怎會站在翡翠幾人面前。她反射性揚起笑，朝他們點了點頭，轉身就要退回店內。

「等一下，請問這封信是誰交給妳的？他還有說什麼嗎？」翡翠急忙喊住人。

「信？什麼信？」安妮塔不解地回望。

「妳剛剛給了我一封信。」翡翠揚揚手中的信封。

「抱歉呢，先生，我不知道你在說什麼。」安妮塔的笑容裡滲出困惑，眼神也帶著茫然，「那封信是客人您自己的吧。」

「才不是，明明是妳……」珊瑚按捺不住，跳出來替翡翠反駁。

「這……我真的不知道客人們在說些什麼。」安妮塔流露一絲無措，及時解救她的是店長從店內飄出的喊聲。

「安妮塔？安妮塔，妳快過來幫我一下！」

「沒辦法幫上您的忙真不好意思。」安妮塔朝翡翠等人低頭道歉，匆匆返回店內。

「她好奇怪喔……」珊瑚嘀嘀咕咕。

「她被下了暗示。」斯利斐爾說，「顯然當您一拿到信，暗示就解除了，自然也不會記得先前發生的事。您現在就算回去追問，也問不出個所以然。」

「唔……」翡翠沉吟一聲，瞥向手裡拿著的信封，決定還是先離開人來人往的香頌烘焙坊。

他們找了一個人煙稀少的地方，將安妮塔無端塞來的信封打開。

裡頭裝的是一張紙，紙上只畫了一株翡翠不曾見過的植物。

三名精靈同樣不曾見過。

留信者的繪畫技巧相當不錯，畫在信紙上的植物栩栩如生，每個細節都被完美地勾勒出來。

長莖細葉，葉子末端偏尖，如同出鞘長劍，六瓣雪白花瓣呈不規則形狀，在紙上舒展開，猶如飄浮雲朵，花瓣靠近花芯處則染上鮮黃。

翡翠雖然沒看過這種植物，但對它莫名抱有好感。

「斯利斐爾，你知道這是什麼花嗎？爲什麼我一看它就覺得很親切？」翡翠把問題丟向號稱法法依特球形百科全書，但有時會缺很多頁的斯利斐爾。

感謝眞神，斯利斐爾認出這是什麼了。

「這是一種植物型魔物，名爲戈多拉。溫馴，固定地方生長，可以傳承記憶和儲存畫面，但受到刺激時可能會互相噴火，和一般植物沒差太多。」

不，差得可多了吧……翡翠有時眞難以理解斯利斐爾口中的「一般」。

他微皺著眉，目光仍停佇在戈多拉上，越看越熟悉，越看越感到……啊，好像很好吃。

翡翠一個激靈，還沒等他興奮地嚷出「這花長得好像荷包蛋啊」，冷淡、無機質的聲音猝不及防地刺進了他與斯利斐爾的腦海內。

「世界任務發布——」

那是世界意志的聲音。

「請在三天內，聽到花開的聲音。」

短短一個上午，能發生的事實在太多了。

翡翠在享受美味麵包、甜點前，壓根沒料到自己會得知伊利葉可能與榮光會有關，再來是珂妮的預知，要他們當心夜晚，最後是世界任務的發布。

即使如此，翡翠只能暫且先將這些事都壓著，他們還得前往阿勃勒照護院和羅莎琳德見面。

不過翡翠還是想抱怨一句。

「世界意志是不是眞的撞到腦袋了？我怎麼覺得它最近發布的任務越來越文藝，越來越哲學……花開的聲音？哪朵花？難不成是那個神祕人士畫的荷包蛋花嗎？」

沒錯，翡翠已經獨斷獨行地將戈多拉改叫爲荷包蛋花了。

「而且花開哪有聲音？你聽過嗎？斯利斐爾你究竟有沒有聽過？」

前往阿勃勒照護院的路上，翡翠在腦中頻道喋喋不休地說著。

斯利斐爾向來認同精靈王的美貌與嗓音都是得天獨厚，但如今聽翡翠唸了一路，他只有一個想法。

「您吵死了。」

「囉嗦，你以為我願意吵你嗎？啊，但你變回大鬆餅……不，現在是小鬆餅了。要是變成小鬆餅的模樣，要我整天對你唱情歌也絕對沒問題的！」

斯利斐爾二話不說，馬上遠離翡翠三公尺以上。

翡翠沒告訴自家小精靈自己對世界意志的吐槽，但有關世界任務的事，一字不漏地轉達了，讓他們心裡也有個底。

珍珠和瑪瑙若有所思，揣測著這短短一句話的背後，是否藏著其他深意。

至於珊瑚，她差點真的要去照護院的樹林蹲著，聽看看那些阿勃勒有沒有聲音。

翡翠趕緊阻止了她，免得她真的一棵棵蹲個遍。

昨天已經先向照護院的人打過招呼，在櫃台值勤的依舊是妖精族的貝絲，瞧見繁星冒險團，馬上知道他們的來意。

「羅莎琳德今天狀況很好呢。」貝絲笑著帶領他們去找人。

這次不是到後院的樹林裡，而是來到照護院東側的圖書室。

圖書室採光良好，大片玻璃窗能夠直接欣賞庭院中的阿勃勒。現今正值開花季節，成串的金黃花朵垂綴在枝葉間。

倘若正好有風拂過，花瓣撲簌簌地飄落，宛如下著一場小小的黃金花雨。

圖書室人不多，三三兩兩地各窩在一個角落。

羅莎琳德就坐在窗邊，膝上放了本書，但目光落向窗外，思緒似乎飄到了遠處。

「羅莎琳德，有人來看妳囉。」貝絲上前，溫聲地說，「妳還記得嗎？他們昨天也來過。」

羅莎琳德轉過頭，喜悅的笑容登時如煙花般綻放在臉上，「是漂亮的人，你們好呀。」

見羅莎琳德對翡翠等人還有印象，也不排斥他們的靠近，貝絲將談話的空間留給他們。

「午安，羅莎琳德，妳記得伊利葉這個人嗎？」翡翠試著重提這個話題，「和妳一樣都是古森妖精族。」

「妖精，我知道。」羅莎琳德開心地拍手，「我是妖精，你們也是妖精，還有……」

「還有什麼？」見這次比昨日多了點回應，翡翠精神一振。

羅莎琳德忽地瞄瞄四周，身子往前傾，聲音壓得低低的，像要向人訴說祕密，「還有我喜歡的人，也是妖精喔。」

「是不是就叫伊……」珊瑚心急地追問，話聲未竟，已被珍珠一把帶開。

羅莎琳德如今心智狀況與常人不太一樣，珊瑚的毛躁這時候很可能會嚇到對方。

兩名少女沒有離得太遠，瑪瑙則依舊像影子般待在翡翠身後，但又降低了自己的存在感，讓羅莎琳德不會被他凜冽如冬的氣勢影響到。

「妳喜歡的人也是古森妖精嗎？」翡翠循序漸進地引導羅莎琳德說出更多話，「跟妳一樣囉？」

「對、對，是妖精，有著漂亮綠眼睛的妖精。」羅莎琳德仍彎著身，小小聲地與翡翠分享她心上人的事，「跟你一樣漂亮，你也有漂亮的眼睛呢。」

「哇，綠眼睛聽起來就很美。他曾經跟妳提過精靈的話題嗎？」

羅莎琳德露出了困惑的神情，像是無法理解翡翠的話。

翡翠也不氣餒，繼續慢慢引導對方談及更多有關那位心上人的事。

「他有點討厭人群，會偷偷跑去沒有人的地方待著。他很厲害，魔法贏過好多人，連族裡的大人都比不過他……」羅莎琳德的雙頰漸漸浮上粉色，雙眼閃閃發光，像無數星子在裡頭閃爍著，「我一直偷偷看著他，我好喜歡他啊。」

「妳喜歡的，是個很棒的人呢。」翡翠溫柔地問，「羅莎琳德，妳還記得他叫什麼名字嗎？」

「他很棒，他很棒，可是他後來走了，走去好遠好遠的地方……」羅莎琳德的眼神倏地浮上迷惘，對翡翠的詢問也充耳不聞，「我再也沒見過他了……」

「羅莎琳德，妳可以告訴我們……」

「你知道他在哪裡嗎？我想再見見他。」

接下來無論翡翠再怎麼試圖引回羅莎琳德的注意力，她都像出了神，遙望遠方，嘴裡偶爾會喃唸著「漂亮的眼睛、漂亮的花」。

羅莎琳德再次沉浸於自己的世界，所有來自外界的呼喚都被她無視了。

見羅莎琳德挪開了視線，不再有所回應，翡翠也只能輕吁一口氣。看樣子，今天只能先到這裡了。

「謝謝妳今天願意跟我說話，羅莎琳德。」即使羅莎琳德看也不看他一眼，翡翠還是握住她的手，柔聲地向她道謝。

「翠翠，要走了嗎？不問了嗎？」一見翡翠起身，珊瑚拉著珍珠走過來，「她喜歡的人不是伊利葉嗎？」

「她沒說。」翡翠搖搖頭，「我們明天再過來一趟吧，要是再問不出來，那就再另想法子了。」

「都是伊利葉的錯。」珊瑚哼了一聲，「伊利葉是大壞蛋，縹碧也是大壞蛋。」

「縹碧不是大壞蛋！」激烈的反駁聲猝不及防響起，在寧靜的圖書室裡像激起了巨大漣漪。

圖書室裡的人被嚇了一跳，翡翠幾人更是大吃一驚，立即望向羅莎琳德。

剛剛的高喊竟是這名年長妖精發出的。

前一刻還神情迷茫的羅莎琳德，這一刻怒氣勃發，她握著輪椅扶手，瞪視向翡翠等人的目光如同燃著火焰。

「縹碧不壞，他最好！他最好！」

翡翠的吃驚轉瞬變爲驚喜，羅莎琳德對縹碧這名字有反應，她果然認識他！

「怎麼了？發生什麼事了？」注意到騷動的貝絲趕忙跑了進來，投向翡翠等人的視線暗含一絲指責，「羅莎琳德怎麼了？你們說了什麼刺激到她了嗎？」

「才沒有！」珊瑚氣呼呼地嚷著，「珊瑚大人才沒有亂說！」

「羅莎琳德看起來有點累了，她該休息一下了。」貝絲委婉地下了逐客令，就怕翡翠他們再刺激到這名年長妖精。

翡翠也清楚眼下不適合繼續追問，決定另找時間過來。可沒想到他們準備往外走的舉動，竟讓羅莎琳德的情緒變得更激動。

「別走！縹碧，帶我去找縹碧！」羅莎琳德瘦弱的軀體彷彿驟然爆發出一股力量，她從輪椅上撐起身子，踉踉蹌蹌地往翡翠幾人的方向靠近。

只是撐不到幾步，她的身子又猛地往前傾倒。

「羅莎琳德！」貝絲驚叫，急忙伸手攙扶，但有條人影比她更快一步。

翡翠及時扶住羅莎琳德欲倒的身子，想帶她回到輪椅上坐著，然而羅莎琳德的雙手卻緊緊地抓住他不放。

那雙覆著皺紋、看得見底下淡青色血管的手，這一刻像鐵鉗般，力道大得像要把翡翠的肩膀掐碎。

瑪瑙一眼就察覺羅莎琳德的力氣大得超乎尋常，神情一凜，想把那雙手扯開。是翡翠用眼神制止了他。

羅莎琳德大力抓著翡翠，嘴裡的喃唸反反覆覆。

「我想看看縹碧，帶我去看他……哪哪，帶我去，他會在那裡的，他總是在花開之地。你會帶我去的對不對？昨天有月亮，今天也會有月亮，有月亮的時候，縹碧會在那裡。」

——卻又無比清晰地進入翡翠耳裡。

花開之地？和世界任務的聽見花開的聲音會不會有關聯？

心念電轉間，翡翠飛快地俯下身，在羅莎琳德耳邊低語，「晚上十二點我來找妳，妳指路，我帶妳去花開之地。」

羅莎琳德瞪大眼，緊接著她的眉眼變得溫馴柔順如昔，天真的笑容再次浮現。她樂呵呵地坐回輪椅上，眼神安詳，好似方才情緒丕變的人不是自己。

「貝絲，我想看花，可以去外面看花嗎？」羅莎琳德軟軟地祈求著。

「好喔，我們一起去外面看花。」見羅莎琳德被安撫下來，貝絲也鬆了口氣，她朝翡翠等人歉意地笑笑，推著羅莎琳德緩緩離去。

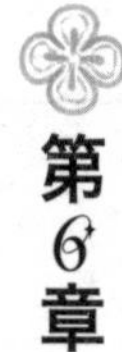

第6章

翡翠他們沒有在阿勃勒照護院待太久。

他們離開時，午後陽光仍盛，曬得路上行人紛紛往陰影處躲避行走。

「花開之地……」翡翠喃唸著從羅莎琳德那聽來的字詞，「斯利斐爾，你聽過嗎？」

「在下從不曾聽聞。」斯利斐爾簡短地說。

「會不會是……格里尼人才知道的地方？」珍珠提出自己的猜測，「也許不是一個正式的地名。」

「的確有這個可能性，看樣子我們得找當地人問問看。」翡翠很快做了決斷，「分頭進行吧，晚點旅店集合。」

與瑪瑙他們暫時分開，翡翠帶著一顆球在弦月區街道上行走，憑靠著美貌和笑容，成功地和不少人攀談。

只可惜沒人聽過「花開之地」。

「雖然知道不會那麼順利，但果然還是有點失望啊。」翡翠嘆口氣，「斯利斐爾，我覺得……」

「您不想。」

「喂，我話都還沒說完，你最近會不會太過分了？」

「在下從不覺得。」

「啊，你這顆混蛋球！」翡翠一心想把以下犯上的斯利斐爾從空中抓下，沒察覺到身後有人接近。

「你在這幹什麼？」

低沉男聲響起的同時，一隻蒼白大掌也自後拍上翡翠的肩。

翡翠認得這聲音，自然而然地轉過身，只不過原本要滑出嘴裡的名字，在瞧清來者時瞬間哽住。

「烏……等等，你誰？」

不能怪翡翠吃了一驚，實在是面前男人對他而言，全然陌生。

男人長得非常高壯，但與結實強碩的體格相反，膚色像是長年不見光的蒼白。灰藍色的頭髮亂糟糟的，彷彿不曾好好打理，像團糾結的海草，眼下還掛著濃重的黑眼圈。

由於對方的體型給人太強烈的壓迫感，第一時間容易讓人忽略他的尖長耳朵，妖精的特徵。

「烏蕨．麥爾西。」斯利斐爾精準地喊出來人的名字。

「真的是烏蕨？你確定沒認錯？」翡翠仍有一絲懷疑。

「在下又不像您不帶腦。」斯利斐爾的聲音平板無波。

「現在連內容物都沒的人明明是你吧。」將這筆帳記在心中的小本本上，翡翠仰視著第一次見到真容的華格那負責人，「原來你摘下玩偶熊裝後是長這樣啊……你怎麼在這？」

「這句話是我剛問你們的。」烏蕨把問題扔了回去，「你們找到人了？」

「嗯，找到了，羅莎琳德就在阿勃勒照護院裡。」翡翠也沒隱瞞，「晚點會再過去找她一趟。你呢？你不是擔心你的那位朋友……有發現到什麼嗎？」

「目前還沒有更明確的證據，如果需要人手，我會委託你們。」烏蕨說，「不用擔心報酬。」

「沒問題，儘管來吧。」翡翠最喜歡大方的人了，「順便問一下，你聽過花開之地嗎？」

雖然烏蕨不是格里尼人，但他可是公會負責人，翡翠還是忍不住抱持著一些期待。

然而烏蕨也是搖頭，不過他給了保證，「回去後我會替你們問問羅森。」

雙方邊走邊談，接著烏蕨話聲驟然一頓，目光望向更前方。

「或許也不用等回去了。」

翡翠反射性跟著看過去，這才發現他們不知不覺又走到弦月區的教堂附近。

教堂前的隊伍還沒散盡，頭髮花白的老教士與其他幾人仍舊忙著分送祝福藥水。

隊伍當中，羅森那如小山的黝黑身影格外醒目。

烏蕨的視線掃過朋友，再落至更前方。

從黑衣教士的服裝，他辨認出他們的身分。

「那是……武裝教士？但他們的駐紮地照理說不是在這。」

「是跟著神厄來的吧。」翡翠倒是猜得出原因，「我今天碰到神厄的珂妮了……唔，瑞比也在。」

身為掌握眾多情報的公會負責人，烏蕨也知悉神厄之名，更聽過珂妮的大名。

預知的珂妮．邦妮。

能看見未來片段的珂妮在羅謝教團擁有重要地位，身旁跟著武裝教士也不足為奇。

烏蕨讓翡翠在旁稍等，自己上前詢問羅森。

他很快又折返回來，帶來的結果依然同樣。

羅森也不曉得花開之地指的是哪裡。

對這個結果，翡翠不是太意外，他感謝了烏蕨的幫忙，順道又提出另一個要求。

「我們繁星想委託公會查件事情。我想知道，大魔法師伊利葉和榮光會之間，究竟有沒有什麼關聯？」

大魔法師伊利葉。

榮光會。

前者是大陸上人人崇敬的人物，後者是盤踞一方的黑色勢力。

從來沒有人會將他們放在一起談論，更甚者，伊利葉逝去時，榮光會都還沒成形。

可是，翡翠卻認爲理應沒有關係的兩者，或許有著不爲人知的連繫。

烏蕨不得不認爲，這個想法相當有趣。

有趣的事物往往值得追查下去。

應允了繁星冒險團的委託，烏蕨先一步回到羅森家。而羅森領完藥水後，又回到他的花店忙碌著。

根據這兩天的觀察，烏蕨看不出自己的朋友有什麼異樣。

除了昨夜無故消失之外。

羅森對此不以爲意，反倒打趣說自己大概是夢遊去了，不用太擔心。

但就烏蕨所知，羅森不會夢遊，而且假如是夢遊，他半夜是走到哪了？

當時烏蕨將周圍找過一輪，卻完全沒發現對方的蹤影。

不過既然羅森沒將這事放在心上，烏蕨也就把疑惑壓在心底，選擇私下向周遭認識羅森的人打探一番。

烏蕨的問話是不著痕跡的，讓人不自覺聊起羅森的近況。

有一點讓烏蕨頗爲在意。

那些認識羅森的人或多或少都提到——他最近容易出神。

除此之外，似乎沒有任何異常。

出神、發呆……烏蕨不確定這與夢遊是否有關，但顯然值得留意。

回到羅森的屋子前，烏蕨瞧見外邊有幾人聚在一起談天，後者也注意到他的存在，和善地朝他打招呼。

他們是羅森的左鄰右舍，知道羅森有個奇特的朋友來訪。

雖然對於這人爲什麼要穿玩偶熊套裝感到難以理解，但他們沒冒失地問出口，只好奇地問起他有關華格那的事。

烏蕨有耐心地一一回答，隨後又巧妙地將話題繞到羅森身上。

「羅森啊……又忙花店又忙著替人張貼尋人傳單，有時還會主動加入搜尋的行列，他的身體喔，也不知道撐不撐得住。」

「你是羅森的朋友，有空也勸勸他，叫他好好休息一下。」

「沒錯、沒錯，他之前有一次突然就站著不動了，我還以爲他怎麼了。」

「該不會睡著了吧？」

「不是，他是站著發呆去了，眞是嚇我一跳。」

幾人七嘴八舌地說。

「他好像半夜也會出去，該不會連那時間點也想去找失蹤的孩子？」烏蕨隱藏起夢遊的事，改提了這麼一句。

「半夜嗎？這我就不清楚了……」一人疑惑地搖搖頭，看向其他人，「你們知道嗎？」

「那時我早睡了。」另一人也聳聳肩，「但依羅森的性子，也不是……」

烏蕨遲遲沒有等到那人的後半句話，他不解地看過去，卻發現不只那人，原先還在與自己聊天的鄰居們，以及這條街上來往的行人，霍然間全停住不動，彷彿有誰在他們身上按下了暫停鍵。

他們眼神空洞，表情空白。

路上的人們就像化作一座座凝滯的雕塑，臉卻都是轉向同一個方向。

這詭異的一幕只維持不到短短一瞬。

下一剎那，靜止的畫面又重新動了起來。

人們就像什麼也不曾發生過地繼續說笑、走動，各自做著各自的事。

烏蕨的一顆心卻直直往下沉，方才的狀況，與鄰居曾提過的羅森忽然就站著不動是如此相似。

他以爲只有羅森可能有異，可沒想到，居然有那麼多人都……

格里尼的弦月區究竟發生了什麼事？

最重要的是，在人們恢復正常的前一刻，烏蕨從最近的一人眼中——

看到張牙舞爪的黑綠影子從瞳孔處一閃而逝。

簡直就像是微小又扭曲的藤蔓。

華格那的負責人沒有繼續在外逗留，他必須盡速使用通訊魔法聯絡公會，弦月區的情況大不對勁。

然而剛推開門、踏進屋內後，他腳步頓了一下。

屋裡靜悄悄的，雖然有窗外陽光映入，但在沒點燈的情況下，整體仍顯昏暗。

烏蕨站在門口一會，終於抬步走進，不忘反手帶上門板，隔絕了外界的聲響。

沒了街道上的喧囂聲，屋內變得更加沉靜，彷彿針落可聞。

烏蕨打量屋子一圈，提步直接往二樓走去，他沒有刻意放低音量，每一步都沉沉地落在木頭階梯上。

他來到了這幾天自己暫住的房間前，推開門，裡頭只有自己的行李和被他放置在窗前曬太陽的玩偶熊。

烏蕨靜佇不動，平淡的聲音下一瞬打破靜默。

「出來。」

看上去空無一人的房間靜悄悄的，烏蕨好似是在跟空氣說話。

烏蕨也不催促，他耐著性子等候，不再多說一句。

房內頓時又恢復一陣死寂。

像是承受不住死寂帶來的不安，片刻後，房間某處出現了動靜。

來自於烏蕨擺放在窗邊、正接受日光洗禮的玩偶熊套裝。

隨著頭套被慢慢舉起，一張帶著髒污的小臉蛋也戰戰兢兢地露出來。

躲在玩偶熊裡的，赫然是一名稚幼的男童。

烏蕨對這張臉有印象。

羅森放在樓下的那疊尋人傳單裡，有一張就屬於面前的小男孩。

小男孩自稱道格，看年紀大約五歲左右，可實際上他已經十歲了。他個子格外矮小，是因爲他是矮人與妖精的混血。假如不說，從外表看只會讓人以爲他是年幼的妖精小孩。

道格有著一頭金髮，像是在艷陽下搖曳生長的麥子。這讓烏蕨想到了春麥，也讓他對闖入自己房間、還躲入自己玩偶裝內的道格，多了幾分耐心。

「說吧，爲什麼來這？」烏蕨抱著雙臂，如同巨松屹立原地。

龐大的陰影完全籠罩住瘦小的孩子，道格仰著臉，眼裡是藏不住的緊張。他張張嘴，想要趕緊擠出聲音，深怕慢了會被烏蕨丟出去。

但還沒成功說出話，他的肚子率先咕嚕咕嚕叫了。

道格一僵，整個人慌張又無措地盯著烏蕨，濛濛的霧氣覆上雙眼，似乎隨時會害怕地哭出來。

只能說脫下玩偶熊裝後的烏蕨，對小孩子來說太有震懾力了。

烏蕨往前走一步，道格反射性縮起肩，從眼角瞥見烏蕨往自己的方向伸出手，他忍不住像小動物般抖了一下。

然後烏蕨用寬厚的手掌揉揉那顆毛毛的金色小腦袋，「肚子餓了？」

烏蕨的語氣和動作讓道格不由自主地放下警戒，他小臉一紅，垂著眼，小小聲地說，「請問可以給我點東西吃嗎？我從昨晚到現在都沒吃東西……」

「在這等我。」烏蕨離開房間，回來時手裡拿著一杯水和一塊有他手掌那麼大的乾酪麵包。

道格似乎餓狠了，從他髒兮兮的模樣來看，也不知道在外流浪了幾天。他一接過食物，立刻狼吞虎嚥地吃起來，要不是烏蕨適時遞水，他很可能會吃到噎著。

「我看過你的尋人啓示，你父母以爲你失蹤了，到處在找你。」等道格吃得差不多，烏蕨才開始詢問，「你爲什麼跑到我這來？你知道我？」

「我聽人說，你是從華格那那個很厲害的冒險公會來的。」吃飽喝足，道格的精神也恢復許多。他規規矩矩地坐著，一雙眼睛也沒了先前的膽怯情緒，看向烏蕨的視線帶著一股不自覺的熱烈，「你是冒險獵人對不對？你能不能幫幫我？」

「我不是冒險獵人。」烏蕨第一句話就潑了道格冷水，還沒等小孩暗下雙眼，他又說，「只要你能說清楚緣由，我可以幫你。」

道格緊張地抓了下褲子，他小心地打量烏蕨的神情，對方的臉上沒太多表情，襯著黑眼圈還有高壯體格，感覺還是有點嚇人。

可是，烏蕨的眼神很平穩，而且令人感覺溫暖。

道格忽然又不緊張了，「你不會跟羅森叔叔說的對吧……別告訴他，不然我怕會被抓回去。」

「抓？抓去哪裡？」

「我家……」似乎明白自己說的話乍聽之下毫無道理，道格焦急地解釋著，「我不想回去，求求你了！」

在道格慌亂的語氣中，烏蕨聽見了一件令人匪夷所思的事。

道格說，從這個月開始，他發現自己的父母漸漸變得怪異。他好幾次看到他們晚上不睡覺，跑到外面去，可是隔天當他問起，父母卻是滿臉困惑，堅持自己沒有做出那樣的事。

後來，他們有時候說話說到一半，或做事做到一半，會突然呆住不動。

雖然時間很短，可每次道格提起，他們卻又認爲是他胡言亂語。

道格覺得他們也許生病了，可他們明明跟自己一樣，都喝過教堂發送的祝福藥水。

爲什麼自己沒生病？他們卻生病了？

但過一陣子，他的父母又好像病好了，那些怪異的症狀似乎不再發生。

道格鬆口氣，不過就在四天前，他目睹了恐怖至極的畫面。

「我看到……我看到他們……」道格臉上倏地湧現驚懼，他緊握雙手，臉蛋煞白，「爸爸和媽媽……他們開花了，他們在半夜開花。」

烏蕨眼神變得淩厲，身子更是瞬間繃緊，他想起了羅森寄給他的第一封信。

黑色的雪，他們在開花，好多人在開花。

「他們的臉、他們的身體……都有花，奇怪的花。」道格回想起那一夜，不由自主地打著哆嗦，駭人的畫面顯然在他心中留下巨大陰影，「他們變得好可怕，我嚇得躲在房間裡，然後我聽到他們上樓。」

道格透出懼意的嗓音不知不覺染上一絲哭腔。

「我假裝在睡覺，我不敢看，可是爸爸媽媽他們忽然把我抬起來……他們好像想把我帶到哪裡，我太害怕，我不敢再裝睡。」

「所以你逃跑了？」

面對烏蕨的詢問，道格怯怯地點著頭。

他的父母沒想到他居然裝睡，一時不察，才讓他有機會從大人手裡掙脫。

逃跑的道格不知能去哪裡，入夜的弦月區對他來說太過陌生，他害怕地跑去找鄰居的漢斯叔叔求助。

漢斯叔叔被他的敲門聲吵醒，聽完他的話卻哈哈一笑，只以爲他作惡夢，還輕易地把他挾在胳臂下，不顧他的掙扎送他回家。

爸爸媽媽都待在家裡，而且不知道什麼時候變回原來的模樣了。他們像是不記得之前發生什麼事，對他居然半夜逃跑出去感到生氣，狠狠地罵了一頓。

「我以爲，他們眞的變回來了……可是……」道格臉上的懼意更重，他的身子打顫，彷彿正處於寒冬中，而不是悶熱的五月夏季，「隔天晚上，他們又……開花了，又來我的房間。」

由於有了前一晚的遭遇，道格當天晚上不敢太快入睡。他縮在床上，立時覺得床鋪不能帶給他安全感，乾脆躲到了床底下。

沒想到，他的父母又來了。

他們打開房門，一步步地往內走進，投映在地上的影子猙獰又嚇人。看在道格眼中，那簡直就是……怪物。

他們在房裡繞著圈子，似乎在尋找著道格。道格縮在床底下，害怕的淚水在他眼中打轉，他緊摀著嘴巴，不敢吭聲。

每當父母的雙腳往床邊靠近，他的心臟幾乎就要跳出嘴巴。

還好他們始終沒有彎腰往床底下察看。

最後腳步聲終於遠去。

道格直到聽見下樓聲才敢爬出來，他發現父母又出門了，從他房間的窗戶往下看出去，可以瞧見他們朝某個方向而去。

而最讓道格恐懼的是，他還看到其他間屋子也陸續有人走出來，跟著他的父母一塊往前走。那些都是他熟悉的鄰居們，就連漢斯叔叔也在裡面。

路燈下，所有人表情空洞，像戴著一張空白的面具。

於是道格逃了，他不敢再回家，也不敢再向認識的人求救。他不知道他們是不是也跟自己的父母、鄰居一樣，都生了怪病。

道格在外躲了幾天，餓了就偷一點東西吃。他也知道這樣不好，可是他怕自己一求助，就會再被送回家裡。

直到他聽說這裡來了一位華格那的冒險獵人，才決定大著膽子偷偷溜進羅森家，想要找那位冒險獵人幫忙。

「叔叔，你可以幫幫我嗎？要怎樣才能讓爸爸媽媽還有大家都恢復正常？」道格揉揉眼睛，藉機擦掉不小心又湧出的眼淚。

結合道格所說，與自己方才在街上遇到的怪事，烏蕨大致肯定這些人身上都出了同樣的問題。

包括羅森也是。

他沒想到問題範圍那麼廣，只憑他一人之力，恐怕難以解決。

短短時間內，烏蕨便做好了決斷，除了將繁星冒險團拉來當援手外，還得再找上正好也在格里尼的神厄與武裝教士。

人手可能還是不太夠，但在通知冒險公會派人過來協助之前，起碼可以應付一下。

「你這幾天先待在這裡。」烏蕨說道，「別擔心羅森，他不會進來這房間的。」

「好。」道格乖巧地點了點頭。

「你還記得你父母開花的樣子嗎？他們變成怎樣了？如果能畫出來更好。」

「我畫畫不好……」道格難為情地說，「但我可以試試。」

就如道格自己說的，他的繪圖技巧確實不好，畫出來的人物歪歪斜斜的，頭大身體細，活像根火柴棒。

烏蕨的重點也不是人物，他的目光都放在道格畫的花朵上。

色彩斑斕的大花包裹住人的腦袋，更多的小花一路往下蔓延，纏繞在人的軀體上。

與其說開花了，

更像是……人要被花吞噬了。

第7章

紫色的花、黑色的花、白色的花、紅色的花……

各色花朵凌亂地散落在窗台前，輕薄的銀白色月光灑落下來，爲花瓣染上一層淡淡的水銀色澤，顯得更嬌美妍麗。

但無論這些花再如何美麗，都比不過托著腮、蹲坐在窗台前的白髮少女。

珊瑚睜大靈動的雙眼，努力聚焦在這些花上。盯著盯著，她乾脆趴下來，尖長的耳朵偶爾會動一動，像是在試圖捕捉聲音。

但從這些花當中，她什麼也沒聽到。

「啊啊，爲什麼都沒聲音？」一整晚心力都耗費在這些花上，珊瑚耐心終於告罄。她鼓起腮幫子，用力朝花朵一吹，頓時不少朵輕飄飄地飛向了窗外，再緩緩往下掉落。

「早就叫妳不要摘了。」坐在床頭前的珍珠淡淡地說，「翠翠不也阻止過妳嗎？」

「但是、但是……」珊瑚一骨碌站起，嬌俏的臉蛋寫滿委屈，「珊瑚大人只是想試看看能不能聽到花開的聲音嘛！」

「嗯，但它們其實都已經開完花了。」翡翠婉轉地說。他先前曾試圖阻止，但仍然擋不住珊瑚的躍躍欲試。

爲了想幫翡翠趕緊完成世界任務，珊瑚把他們今天看到的花都摘了一輪，企圖從中聽見花開的聲音。

但結果……自然是徒勞無功。

「翠翠，時間快到了。」在旁邊替翡翠整理包包的瑪瑙倏地提醒。

「啊，對！差點忘記！」翡翠一拍額頭，飛快從椅子上站起。

窗外夜色正濃，高空的銀月顯得越發明亮，街道上的人聲早在不知不覺中散盡，只餘一片闃靜籠罩。

深夜時分，弦月區大多數人都已進入夢鄉，一幢幢建築不見燈火，暗下的窗戶宛如閉上的眼睛。

但這個時候，繁星冒險團卻正準備外出。

他們和羅莎琳德約好的時間是晚上十二點。

不過老實說，翡翠無法肯定對方會否記得他們的約定，在房間裡清醒地等待他們。畢竟羅莎琳德如今心智已然退化。

在這之前，翡翠已先讓斯利斐爾過去阿勃勒照護院，好掌握羅莎琳德房間的位置，以免他們還得尋找。

隨著翡翠的指示，精靈們跟著俐落地自窗邊躍下，他們在夜間疾行，像是四條無聲的鬼魅。

等翡翠幾人來到阿勃勒照護院，光球形態的眞神代理人已在外邊等候。

「羅莎琳德還醒著嗎？」翡翠問道。

「在下無法跟您保證此時的她是醒著或睡著。」斯利斐爾稍微飛高，示意翡翠他們跟著入內。

潛進照護院的過程相當順利。

繁星冒險團穿過樹林，進入白色建築內，依照斯利斐爾的指引，一路來到了羅莎琳德的房間外。

這裡的房門不會上鎖，翡翠轉動門把，順利往內推開。

房間內沒有亮燈，只有窗外的月光淡淡照入。

披散著淡金長髮的年長妖精坐在窗前，雙眼亮得驚人，裡頭充滿著興奮和期待。

見到翡翠幾人入內後，她露出了少女般的明媚笑容。

「你們要帶我去見縹碧了嗎？」

要神不知、鬼不覺地離開阿勃勒照護院，對繁星冒險團來說並非難事。

但帶著羅莎琳德就不是那麼簡單了。

由於她雙腿不便，因此必須得有一人負責揹或抱她出去。

翡翠不假思索就把任務歸到自己身上，壓根沒想要讓瑪瑙、珍珠或珊瑚出手。

在他看來，自家的小精靈們都還那麼小，這種重勞動當然是讓他來一肩承擔。

——翡翠全然忘記他的小精靈早就成爲大精靈，瑪瑙的身高甚至超過他一截，外貌比他更成熟。

翡翠剛要在羅莎琳德面前蹲下，有人比他還要快了一步。

瑪瑙輕易地揹起了羅莎琳德，彷彿感受不到對方的重量。

視野突然變高讓羅莎琳德不禁「哇」了一聲，一雙眸子更是亮如星星。

「快點，我們快點去花開之地！」她忍不住催促，似乎迫不及待想趕快見到自己的心上人，「縹碧一定在那！」

「如果他不在呢？」翡翠知道他們這趟肯定會撲空，又不忍羅莎琳德稚子般的神情染上失望。

或許是尋回了另一個世界部分記憶的緣故，翡翠對於年長者，有時會冒出難得一見的心軟。

他們會讓他想到自己的……父親。

翡翠知道自己距離想起全部事情只差那麼一步，埋在腦海深處的記憶之盒就算被上了鎖，可那鎖頭如今已搖搖欲墜。

只差那麼一個重擊，就能順勢脫落。

但眼下救世時間正在倒數，又有伊利葉帶著危險步步逼近。

爲了保護瑪瑙、珍珠、珊瑚，翡翠知道自己必須加快腳步。

他不能停下，起碼此刻還不能。

直到一切塵埃落定，屆時他一定會想辦法拿回他的過去。他的家人、他的朋友……他的世界。

面對翡翠的詢問，羅莎琳德愣怔了下，像是陷入糾結，眉毛不自覺地緊擰。

可是下一瞬，笑容又在她的臉上舒展開來。

「縹碧不在也沒關係，我幫他看花，幫他看漂亮的花。」

「花一定會很漂亮的。」翡翠也跟著露出笑，「那就麻煩妳替我們帶路了，不過等等記得不要發出聲音，不然我們就看不了花了。」

羅莎琳德鄭重地點點頭，嘴巴抿得緊緊的，證明自己接下來都會很安靜。

而她也確實做到了自己先前的保證，無論繁星冒險團自窗外一躍而下，或是在夜色覆蓋的阿勃勒樹林間疾奔，她全程努力著沒有出聲。

直到成功離開阿勃勒照護院，羅莎琳德才用力吐出一直憋著的氣。她的眼睛亮晶晶的，彷彿覺得這趟旅程有趣又刺激。

羅莎琳德也許忘了許多事，可有關花開之地的記憶似乎一直深深烙印在她的腦海。

「往那邊，那邊有山……要往山那裡走，一直走。」她明確地給出指示，每一次開口皆不曾猶豫，果斷得像在心裡已演練過無數次。

「不對，這裡要轉彎……然後再往這邊，繼續往前，山在那裡。」

在羅莎琳德的指示下，翡翠幾人逐漸遠離街道，一旁的建築物越來越少，街景也慢慢被荒涼景象取代。

翡翠幾人全力奔馳，羅莎琳德提到的山終於出現在他們面前。

看著那座好像要融於黑夜中的大山，羅莎琳德的情緒掀起了明顯波動，「在山裡，我們快點進去！」

月光被層層枝葉阻擋在外，山林中是一片伸手不見五指的漆黑，偶爾會聽見尖銳的鳥鳴或沉沉的低哮。

山風吹過，樹葉沙沙的聲響更令人下意識惴惴不安。

趴在瑪瑙背上的羅莎琳德像是畏怕，身子瑟縮了下，可仍堅持催促他們往前走。

「斯利斐爾，能再亮一點嗎？」翡翠仰頭看著空中的銀白光球。

斯利斐爾沒有回應，可下一秒，身周光芒大增，在幽暗中如同一盞指路明燈。

「珊瑚大人也可以的！」珊瑚不甘示弱，手指一彈，多簇緋紅焰火平空浮升在眾人前方。

羅莎琳德頓時像孩子般開心地拍著手，「好好看！」

精靈的夜視能力本就優異，如今又有斯利斐爾和珊瑚協助照亮路徑，常人眼中艱辛難走的獸徑，在他們眼中構不成什麼大問題。

四周仍被幽黑環繞，照理說，羅莎琳德應該難以辨認方向，可她像是對該走的路線早已爛熟於心，依舊能流暢地爲翡翠等人指路。

一行人更加深入山中，踩過碎石或落葉的細碎聲響時不時傳出。

時間的流逝在這座山裡像是失去了意義。

他們不斷地走向更曲折、更隱蔽的位置。

讓翡翠來說，要是沒有羅莎琳德的帶領，他們恐怕很難順利找到花開之地。

不知走了多久，原本狹隘的視野豁然開朗，前方突地出現一片低窪之地。

這裡沒有枝繁葉茂的樹木遮擋，月光得以如水波傾瀉而下，柔和地灑落在搖曳生姿的花叢之上。

「這是……」瞧清眼前景象後，翡翠瞳孔驀地一陣收縮。

生長在這片低地的植物長莖細葉，葉子末端偏尖，恰如出鞘長劍，六瓣雪白花瓣呈不規則形狀，盛綻時的模樣彷彿飄浮雲朵，花瓣靠近花芯處則染上鮮黃。

——就和那張信紙上描繪的圖案一模一樣。

這裡，就是羅莎琳德所說的花開之地。

但，自然沒有縹碧的身影。

「這些是……荷包……」翡翠的驚呼被斯利斐爾冷酷打斷。

「是戈多拉。您再說錯名字，在下明天就幫您準備荷包蛋加晶幣當早餐。」

還沒等翡翠嘲笑一顆球怎麼準備早餐，瑪瑙就先自告奮勇。

「不用斯利斐爾，交給我來做就行。」瑪瑙鄭重地保證，「我一定煎一個最好看的荷包蛋給翠翠，再將晶幣磨成粉撒上厚厚一層。」

光想到那畫面，翡翠臉差點都青了。

那不叫早餐，那分明叫毒藥了！

但身為包容又成熟的大人，是絕對不能打擊自家小精靈的積極性，翡翠決定……

嗯，逃避話題。

逃避可恥，但有用。

「那個不明人士畫了一張戈多拉給我們，難不成是想指引我們找到這地方嗎？」翡翠彎下身觀察盛綻的雪白花朵，忍不住吞吞口水。

近距離看眞是越看越像荷包蛋，忽然有點後悔沒帶醬油在身上了。

「在下無法給您回答。」斯利斐爾一看翡翠的眼神就知道他在想什麼，「但在下可以明確地告訴您，戈多拉的味道和晶幣不分上下。」

翡翠瞬間任何食欲都沒了，他輕咳了一聲，假裝自己從沒對這些花流口水過。

羅莎琳德在抵達花開之地後，整個人忽然變得安靜。她讓瑪瑙放下自己，改坐在花海中，眉宇間的激動褪去，取而代之的是滿滿的懷念之情。

她凝望著猶如柔軟白雲的戈多拉，眼神似乎前所未有地清明，符合她眞正年歲的沉靜穩重從眼底流瀉而出。

「花……還是那麼漂亮。」羅莎琳德慢慢地說，像在自言自語，也像在與翡翠他們分享，「但縹碧果然不在。其實他從來沒找我過來這，是我偷偷地跟在他後面，才發現格里尼原來還有這麼一個地方。」

「妳想念他嗎？」珍珠跟著在羅莎琳德身邊席地而坐。

羅莎琳德側過頭，綻放溫柔的笑靨，「他一直在我心裡呀……就像月亮，有時候我們會忘記，但它一直都存在著，縹碧對我來說也是這樣。他的脾氣其實沒有很好，那時候我們年紀都小，但他就是特別驕傲，非要把最完美的一面表現出來，明明很勤奮地練習魔法……啊，不過他的魔法天賦眞的、眞的非常高。」

羅莎琳德似乎也不需要任何人的回應，開始絮絮叨叨地說個不停。

那模樣，好似陷入年少的回憶裡無法自拔。

「縹碧他討厭人多的地方，不喜歡有人跟著他，他一定覺得我是跟屁蟲，還是甩不掉的那種……呵呵，我很會認路記路喔，追蹤是我最擅長的事了。就算縹碧躲到這麼隱密的地方來，還是被我發現了。」

「但是縹碧仍然很溫柔，因爲他就算知道我在旁邊偷看，也沒有很凶地趕走我。」

「我後來才知道，縹碧會喜歡在這裡練習魔法，是因爲這裡生長著很多戈多拉的關係……原來戈多拉還能記錄影像，只要讓它們受到足夠的刺激，就能將當時的畫面記錄下來。而且它們會傳承記憶，就算第一代戈多拉都死掉了，第二代還是會保留著第一代擁有的記錄。」

「呵，縹碧有一次終於願意在這跟我說話。他告訴我，用映畫石保留影像太無聊了，用戈多拉更特別。而且除了他自己，沒人可以叫得出他在這留下的記錄，這裡等於是他的私人回憶庫。」

羅莎琳德侃侃而談，大魔法師少年時期的形象猶如躍於眾人眼前。

那聽起來更像是曾與翡翠他們短暫相處的縹碧——自戀、堅持完美，還很臭屁——而不是如今的伊利葉。

「所以要怎麼受到刺激？珊瑚大人也想記錄我偉大的英姿。」珊瑚好奇心十足地戳著面前的白色花朵，「是要直接摘下嗎？還是說放火？」

珊瑚一向想到什麼就做什麼，她的指尖立即冒出一小簇火花，但這舉動顯然驚動了喃喃述說的羅莎琳德。

「妳在做什麼？不行、不行！」年長的妖精神情驟變，眼裡的清明跟著漸漸褪散，狂亂在眼中湧動，她撲上去想抓住珊瑚的手，「妳壞，妳不能欺負縹碧的花！」

珊瑚被嚇了一跳，又怕燙到羅莎琳德，火焰瞬間消失無蹤。

隨著那抹鮮紅顏色隱沒，羅莎琳德的激動也一併退散，很快又被茫然取代。她眨眨眼，像是不知道自己原本在做什麼。

她迷茫地東張西望，意識到自己待在陌生之地後，頓時流露幾分畏怕。

「我為什麼會在這裡？這裡好黑……」羅莎琳德雙手環抱住自己，身子蜷縮得小小的，宛如受驚的小動物，「貝絲呢？貝絲快帶我回去……貝絲！貝——！」

羅莎琳德惶恐的大叫驟然止住，她的身軀軟軟地往旁一倒，在即將碰地前又被瑪瑙伸手扶住。

「對不起，翠翠，但我覺得這樣會比較好。」瑪瑙為自己的出手低聲道歉。

「沒關係。」翡翠摸摸瑪瑙湊過來的腦袋，認同了他的做法，「讓她情緒失控也不是辦法，你做得沒錯。斯利斐爾，這個荷包……戈多拉有什麼特殊限制嗎？」

想起斯利斐爾的威脅，翡翠及時改口，以免對方又想讓他吃以晶幣調味的荷包蛋。

「例如我們想看它記錄的影像，得怎麼做才行？」

「需要關鍵字作為開啟鑰匙。」斯利斐爾成功展現了百科全書的一面，「戈多拉的特殊就在於，首先要同時使用三系魔法，才能達到它受刺激的條件，讓它開始記錄。」

「那如果在不知道它們已經記錄過的狀態下，再刺激一次呢？」

「只要使用的三系魔法比前者高就行，記錄內容就會被重新覆蓋。」

「那關鍵字……」

「由使用者自己設定。」

聽到這裡，翡翠的一顆心不禁沉了沉。這簡直就是猜謎大賽，還是不提供任何線索的那種。

但會讓伊利葉把過去畫面記錄下來，就表示當時的影像一定有特殊之處。

也許……也許能釐清伊利葉爲什麼想對精靈下手的祕密。

儘管知道這只是一個不切實際的猜想，但翡翠並不想錯過任何一個可能的機會。

「我們先送羅莎琳德回去吧，等明日再過來這一趟。唔，到時得多準備點吃的……我們恐怕要在這耗上很長一段時間了。」

在翡翠的指示下，瑪瑙再次揹起失去意識的羅莎琳德。

一行人重新奔入夜色中，身影一下就被重重山林吞噬。

第8章

夜正深，隨著月亮往上升移，逐漸被雲層遮隱，月光也黯淡大半，濃闃的暗色彷彿要將弦月區吞沒其中。

深夜時分的弦月區一片靜謐，家家戶戶熄了燈火，只剩稀疏的路燈帶來些許光亮。

本來只住著烏蕨一人的房裡，如今多了第二人的呼吸聲。

有著尖尖耳朵的金髮小男孩佔據了烏蕨的床鋪。或許因放下心中大石，也不用再流離失所，他睡得相當沉，嘴巴大張著，呼嚕嚕的打呼聲迴盪在房間內。

而烏蕨此時正坐在房裡唯一一張椅子上，他微微歪著頭，雙眸緊閉，厚實的胸膛規律地淺淺起伏。

種種跡象顯示出他同樣沉浸於夢鄉。

可房外傳來細微聲響的同時，那雙閉掩的雙眸倏然睜開，犀利得像不曾熟睡。

烏蕨向來能很好地控制自己的睡眠，因不確定今晚會不會發生異狀，他一直維持淺眠狀態，稍有風吹草動，就能在最快時間清醒。

烏蕨離開椅子，腳步輕巧地往門邊走。一打開門，樓下的動靜頓時變得更加清楚。有誰在走動，接著打開房門，腳步聲持續向外。最後走到了大門位置。

「喀啦喀啦」的解鎖聲響個不停。

雖然對夢遊一事不甚在意，但爲了讓好友放心，羅森今晚特地將大門用鎖鍊纏起，以免自己眞的又夢遊到不見人影。

如今鎖鍊眞的派上用場。

烏蕨沒辦法確認羅森現在的狀況，不過從對方昨夜能消失到連他也追尋不著，行動能力看樣子沒受到太大影響。

大門的鎖恐怕擋不了多久就會被解開。

烏蕨抓緊時間，先留了字條在道格身邊，再掏出幾顆種子，快速吟唱出咒語，魔力跟著一併運轉。

種子飛快地冒出綠芽，繼而竄伸出細長枝葉。

烏蕨將還在生長的種子放到窗邊和門邊，自己則俐落閃身到房外。他知道當自己的房間門一關上，翠碧色的枝蔓就會開始瘋長，將所有出入口牢牢地封鎖住，確保房內小孩的安全。

樓下傳來了金屬落地的聲音。

烏蕨三步併作兩步地追下樓，果然瞧見羅森走出屋外的背影。

羅森似乎沒發覺自己被人尾隨，他不快不慢地走著，步伐穩健，從背後看，就像正常人在走路。

經過街邊路燈時，羅森投映在地面的影子被拉得歪斜，像幅詭異的畫。

而就在下一秒，歪斜但仍保有人形輪廓的影子出現了變化。

有東西從影子邊緣鑽冒出來。

先是一瓣，再來是兩瓣、三瓣……末端偏尖的橢圓形一瓣瓣簇擁在一起。

從地面看，彷彿影子開出了漆黑的花。

但若看向羅森身上，就會駭然發現是他的身軀、他的頭顱、他的皮膚，正開出五彩斑斕的花朵。

與道格畫在紙上的不盡相同，但彷彿都是要被那些花給吞噬了。

目睹這一幕的烏蕨瞳孔猛地收縮，即使聽過道格的敘述後已做好了心理準備，可親眼看到時仍不免心中大駭。

羅森像是渾然不覺自己身上發生的異變，持續往前走著。

兩側原先緊閉的屋子大門接連開啟，陸續有人從屋內走出。他們加入羅森的行列，朝著同一方向前進。

人數漸漸增加，他們起初同樣與常人無異，可後來他們身上也開綻出不同色彩的花朵，覆蓋了他們的皮膚，從脖子包圍往面孔。

眼前景象，完全對上了羅森當初第一封信的內容。

——他們在開花，好多人在開花。

烏蕨連忙拿出映畫石，正準備將眼前畫面保存下來，後方忽地又冒出腳步聲。有人正朝此處走來。

腳步聲的主人繞出轉角前，烏蕨一凜，飛也似地找了陰暗角落躲避，及時消失在對方的視野裡。

更多人出來了。

從烏蕨現在的角度，總算可以瞧見他們的正面。

弦月區居民的身上開著大小不一的花朵，有的多，有的少，可共通點都是下頜處長出了偌大的花瓣，幾乎把整張臉給包覆住，只剩一雙眼睛露在外面。

烏蕨慶幸自己躲得快，否則暴露在那些人眼前，還不知道會發生什麼事。

開花的人群沒發覺躲在暗處的華格那負責人，腳步不停地往前走，他們的每一步毫無遲疑，就好像有無形的絲線在牽引他們。

烏蕨從沒聽說有哪種植物可以寄生於人體，並操控他們的行動。

眼下看來，感覺更像是……寄生型的魔物。

烏蕨暗惱地咂了下舌，若流蘇這時在身邊，說不定就能辨認出面前魔物的種類。

沉迷製藥的流蘇不僅對植物有研究，對植物外表的魔物亦涉獵極廣。對他來說，只要是能研發的東西，管他植物還是魔物，都是好材料。

但目前不是使用通訊魔法聯絡流蘇的好時機。

通訊魔法儘管方便，但會耗費不少魔力，在不知接下來會面對何種危險之前，烏蕨

決定先保留力量，以備不時之需。

確定身後再也沒有腳步聲響起，隊伍的最後一人也越過自己，烏蕨悄無聲息地尾隨在他們之後。

所有人動作整齊劃一，猶如訓練有素的軍隊。

他們在晦暗的夜色下走動，在空曠的街道上穿梭，中間不斷有其他開花居民零星加入，使隊伍變得更加龐大。

烏蕨粗略一估，恐怕弦月區大半居民都在這了。

而且這些人似乎經過挑選，放眼掃去，全是正值青壯年齡的男男女女，不見小孩或老人。

雖說知道有些寄生魔物會挑身體健康的宿主，但如此大規模，又能無聲無息地入侵弦月區居民的體內而不被察覺……

若說這當中沒有任何陰謀，烏蕨說什麼都不會相信的。

人群忽地又轉過一個方向，接著筆直往前走，一路走進一座灰白色建築物裡。

烏蕨不禁皺起眉，他知道這是哪。

就算在弦月區只待了兩天，但四處向人探查羅森有無不對勁的同時，他亦將此處環境大致摸得差不多了。

這些人進入的地方，是弦月區的公共墓地。

或者也可以說，是地下墓室。

格里尼的喪葬方式與其他地方略有不同，遺體經火化後會放入木箱，再送至地下墓室安置。

難道驅使這些人，或是這些寄生魔物的原因，就藏在地下墓室裡？

烏蕨加快腳步，尾隨著前方人群進入室內，再跟著他們走下長長階梯，進入了墓室範圍。

地下墓室沒有任何燈火照明，裡頭是一片伸手不見五指的漆黑。

饒是妖精族視力優於常人，但要在完全無光的空間行走，烏蕨也沒有十足的把握。

正當他打算掏出夜光菊——一種能提供照明的發光植物——黑暗深處猝地出現了亮光。

螢綠光芒迅速擴展，照亮了細長的通道，也映出了林立牆壁兩側的石櫃，以及那些數也數不清的櫃格。

每一格內都放著一個小木箱，木箱上刻寫的是某人的出生與死亡日期。

這裡是屬於亡者的安息之處。

烏蕨乍見光源時內心一驚，做好了隨時應敵的準備，可隨後發現到，是那些花在發光。

從弦月區居民身上長出的花朵邊緣泛起一圈圈螢光，幽碧色的微光立時匯集成醒目的亮光。

地下墓室廣袤，眾多通道向著四面八方而去，宛如分岔的葉脈，在弦月區地底沉默延展。

隊伍沒有停止往前移動，他們走進了其中一條通道，在裡面左彎右拐，腳步聲在封閉的空間製造出回響。

換作一般人，此刻可能已經分不清東西南北，更別說找到出口。

然而烏蕨天生方向感極佳，就算是初次進入地下墓室，也不擔心會找不到來時路。

他飛速在心中勾勒地下與地上的相對方位，以判斷自己如今走到了弦月區的何處。

這裡是小公園，再往前是園藝街，羅森的花店也在這……然後再繼續往前……

隊伍驀然停住，從烏蕨的位置看不見最前端發生什麼事，接著人群再次依序前進。

等烏蕨來到剛剛人群短暫停下的位置，這才明白方才發生停頓的原因。

通道的盡頭處，赫然林立著一扇門。

烏蕨貼靠石壁，沒有馬上跟進去。從門洞往內望，他可以看見裡頭又是一個大型空地，足以容納那些開花的弦月區居民。

裡頭顯然就是他們的目的地。

通過門洞後，所有人都靜靜佇立不動，乍看下猶如一株株詭異的發光植物。

烏蕨的眉頭皺得更緊，從路線來看，眼前的空地正好對應到地上的教堂，還有一座樓梯通往上方，看樣子，此處跟教堂是相連的。

這是巧合……還是這些寄生魔物與教堂有關？

烏蕨按捺住內心翻湧的疑問，靜待接下來的變化。

他沒有等太久，空地霍地出現新的聲響。

噠噠噠，有誰沿著樓梯走了下來。

下樓聲越發清晰，原先靜止不動的人群如潮水紛紛往四周退去，空出了中間位置。

烏蕨這才發現，地板上繪製著複雜的字紋，層層相疊，建構出一個宛如大型魔法陣的圖案。

不只如此，這處空間的頂端呈現拱形，上頭畫上了一幅廣大地圖。

烏蕨一眼就認出來了，那是法法依特大陸的地圖。

這裡究竟是要用來做什麼的？

無數謎團堆積在烏蕨心裡，可他也明白，現在自己能做的就是按兵不動，等幕後之人暴露出意圖。

腳步聲的主人終於出現。

那是一名膚色不甚健康、外表看起來有些病弱的少女。她裹著斗篷，只露出一張稱得上清秀的臉蛋，大約十五歲的年紀。

烏蕨對那張面孔相當陌生，但還是從腦海中翻找出了絲微記憶。

過目不忘向來是公會負責人的拿手本事。

就算只見過一面，仍能在腦內留下一抹痕跡。

烏蕨想起自己曾在哪見過對方了，就在教堂前，發送祝福藥水時。

是老教士收留的其中一名孤兒！

烏蕨愕然，可緊接著他的內心掀起了驚濤駭浪。

就在少女踏下樓梯最後一階的同時，她的體型、外貌異變了，轉眼成爲截然不同的另一個人。

一名男人。

還是烏蕨認識……不，說認識也不正確。

應該說他會知道這人，還是因爲桑回。

他的同事桑回．伊斯坦除了是華格那的負責人外，還是一名專門狩獵殺手的殺手。

而眼前的灰髮男人，就記錄在桑回的狩獵名單上。

全名是沃克夏．雷頓。

但比起他的名字，更廣爲人知的是他的代號。

——千面。

正如他的代號千面，沃克夏擅長易容僞裝，行事謹慎狡猾，已在桑回的追捕下成功逃脫多次。

一個多月前，桑回掌握到情報，得知對方混進了前往海棘島的船隻中。

當時加雅城主正爲了海棘島突然消失又平空出現一事深感困惑，加上下屬上島後全數失聯，才會召集人馬前往那座神祕的島嶼。

爲了抓到沃克夏，桑回也加入了那次的登島行動，然而最後卻是空手而返。

烏蕨沒想到自己會在這裡見到對方，更沒想到他竟會僞裝成老教士身邊的孤兒。

他究竟想做什麼？羅森他們體內的寄生魔物也是他搞的鬼嗎？

恢復原貌的沃克夏看著面前畸異的人群，露出滿意的微笑。他一個拍手便宛如發出信號般。

所有身上開花的民眾不約而同地朝中央法陣趴俯身體，做出膜拜的跪禮。

那些花開得絢爛嬌艷，閃爍的螢光好似在花瓣邊緣遊走。

下一剎那，烏蕨瞳孔收縮，他看到那些螢光眞的從花瓣上淌落下來，如發光液體墜入地面，沒入遍布地板的細細凹槽裡，旋即像受到無形的吸力，全往中央法陣集中。

滲入螢光液體的法陣在室內亮起，也映亮了沃克夏愉快的笑臉。

「已經是最後一批了，你們得加把勁收割才行啊。」沃克夏好整以暇地欣賞著面前光景，眼中跟著跳動著異樣灼熱的光芒。

沃克夏到底想做什麼？從這些人身上淌溢出的又是什麼？

這個疑惑在片刻後被解開。

空氣裡的魔力波動逐漸增強，聚集在一塊，濃得猶如即將化成實體。

烏蕨緊攥拳頭，身為妖精，他能分辨得出，那些魔力赫然來自於面前的半妖精們！

那些形如植物的寄生魔物，它們在榨取這些人的魔力，將能量全部匯集到法陣上。

烏蕨尚摸不清沃克夏為何要奪取他人魔力，但他清楚，無論如何都不能讓對方完成口中說的最後一次收割。

不能再繼續下去，必須想辦法阻止。

烏蕨瞬間有了決斷，他掏出一把種子，也不管會不會暴露自己的存在，使盡力氣就往門內空間撒。

無人察覺微小的種子飛入了室內，可當它們墜地、綠芽飛速冒出，並且成長茁壯後，轉眼就成了張牙舞爪的粗大樹藤，深深紮根地面，截斷了法陣的紋路，連帶也阻礙了魔力輸送。

無預警的破壞讓沃克夏猛地抬頭轉向門口，即使烏蕨的身影再次往牆邊躲靠，他也知道外頭有入侵者。

沃克夏的笑容染上猙獰，「該死的老鼠，居然膽敢破壞吾主的計畫！抓住他！爲了偉大的榮光！」

所有伏地的人猛然扭過頭，一雙雙滿布黑絲的眼睛盯住了門口，在他們開出大花、包覆頭部的下頷處，齊齊開出了一條裂縫。

縫隙瞬間裂開，成爲一張充斥利齒的嘴巴。

烏蕨反射性往後退一步。

那輕輕的聲響就像徹底驚動到異變的弦月區居民，他們發出震耳欲聾的尖嘯，爭先恐後地衝向了門外。

烏蕨低咒一聲髒話，毫不猶豫拔腿就逃。

✣✣✣

尖銳的鳥鳴冷不防透窗傳來，乍聽下宛如有誰扯著嗓子尖叫，為夜色增添一絲陰森氣息。

躺在床上翻來覆去的金髮少女本就睡不安穩，突來的鳥鳴更讓她稀薄的睡意消失得一乾二淨。

發覺自己真的再也睡不下去後，珂妮重重地嘆口氣，張開眼睛，雙眸直盯著木頭天花板。

但就算盯了老半天，仍然醞釀不出想睡的狀態，反倒精神變得越來越好。

啊，該不會是今天喝的那壺紅茶造成的吧，早知道會這樣就別喝了。

珂妮心裡有絲後悔，但也不可能回到過去改變現實。她哀怨地翻了下身，想看看隔壁床的室友是否還醒著。

結果卻對上一雙透著不爽的藍眼睛。

「呀啊！」珂妮被嚇得尖叫一聲，抓著棉被從床上彈起。好在她連尖叫聲都是細細弱弱的，才沒驚動整間旅館。

還沒等珂妮端起氣勢，質問瑞比大半夜的幹嘛嚇人，瑞比先聲奪人了。

「叫屁啊妳，妳以為現在多晚了？」瑞比也不躺床上了，翻身坐起，雙手抱胸，目光又凶又狠，像疾射的子彈，毫不留情地直往珂妮身上戳。

「我我我……」被瑞比這麼咄咄逼人地質問，珂妮本就還沒凝聚起來的氣勢登時更是消散大半。

「我什麼我？」瑞比冷哼一聲，「妳不睡還有別人要睡，妳整晚翻來翻去的，是對自己的體重沒概念嗎？一翻就吵得不行，妳當妳是在煎烙餅嗎？」

「太過分了，瑞比前輩！」沒有一個女孩子會願意被人暗示是個胖子，珂妮氣得眼都瞪圓了，「我翻身才沒有什麼聲音，我明明比雲還要輕！」

「笑死了，一拳把人打飛的女人可以比雲還要輕。」瑞比毫不客氣地嘲笑。

珂妮很想把眼前的討厭鬼一拳打飛出去，可惜他們現在是待在旅館內。

地兔族的怪力必須踩在土地上才有辦法發揮。

「我明天不要再請你喝兔兔牌番茄汁了。」珂妮祭出威脅。

「太棒了，眞神保佑。」瑞比對此由衷感謝，他現在看到「番茄」兩字就想吐，「所以妳是眞的睡不著嗎？才把自己翻得跟餅一樣。」

「就說我不是餅，瑞比前輩你再這樣，我就……拿兔兔牌番茄汁砸你了。」珂妮擺出嚴肅的表情，「還要跟黑格爾主教長打小報告，讓他扣你錢！」

「嘖。」一提到薪水，瑞比總算收斂了自己的尖酸刻薄，「妳要是睡不著，我直接把妳打暈吧，不用收費，一步到位。」

珂妮連忙搖頭，就怕自己動作一慢，瑞比先動手了。

「瑞比前輩。」既然瑞比也沒睡，珂妮打算跟他來個徹夜談心，「你覺得……」

「我覺得我要睡了。至於妳，不准跑出去，不准再製造噪音。」瑞比給出了嚴厲的警告，再次倒回床鋪，被子拉高，蓋住整個腦袋。

珂妮失望地垮下肩膀，還以爲能與對方聊聊這幾天在格里尼的見聞，要是話題能順道繞到路那利身上，那就更好了。

珂妮剛要往窗邊走近，窩在被子裡的瑞比又猛地拉下棉被。

「要是敢從窗戶跳下去，偷溜到街上，妳就完了，聽見沒有！」

「才不會做這種事呢。」珂妮軟軟地抱怨。

她知道瑞比和其他武裝教士都是爲了保護自己才跟來格里尼，如果自己擅自行動，只會帶給他們困擾，更可能讓自己深陷危險中。

珂妮推開密閉的木板窗，迎來濃濃的夜色。這個時間點，底下的街道已不見任何人影，闃靜環繞，偶爾才會聽見幾聲尖尖的鳥鳴響起。

不想增添賈斯汀教士的麻煩——畢竟他還有一票孤兒要照顧——珂妮和她的護衛隊選擇在弦月區的旅館住下。

爲了貼身保護她的安全，瑞比與她同一間房，其餘的武裝教士則住同一樓層。

夜深人靜，珂妮倚在窗前，視線投向遠方，但迷茫的雙眼並沒有將遠端的景象眞正映入心裡。

珂妮在想著這幾天發生的事。

因爲預知夢，她和瑞比等人來到格里尼的弦月區。

只是她的夢太過抽象，確認地點位置後，其餘線索得靠他們自己摸索。

珂妮托著腮，幽幽地嘆口氣，直到現在，他們沒有太多的進展，空耗在這裡也不是辦法。

是不是該尋求外力……如果委託繁星冒險團幫忙，不知道他們願不願意……

想到繁星冒險團，珂妮忽地又想起自己的預言。

繁星啊，請務必小心夜晚。

只是連珂妮也不曉得，格里尼的夜晚究竟會發生什麼事。

夜色下的弦月區看起來寧靜和平，很難想像繁星一行人會在此遇上何種危險。

吹了一會兒晚風，珂妮終於感受一絲細微睡意湧上，她不想錯過這個機會，掩口打了個呵欠，準備關上窗戶。

可驟然出現在視野內的人影讓她的手頓了一下。

有人從對面的屋子走到街道上。

若僅僅如此，不會讓珂妮眼中湧現吃驚。

不只一個人，更多人從屋內走了出來。他們的身體表面有東西在鑽湧、在開綻，最後形成一朵朵的花。

珂妮反射性摀住嘴，堵住了差點逸出的抽氣聲，她想起自己的預知夢。

難不成，就是這些花……

珂妮急急奔至瑞比床邊，雙手猛力搖晃被窩下的人，「瑞比前輩，快起來！大事不好了，瑞比前輩！」

珂妮心急如焚，甚至不等瑞比回應，已迅雷不及掩耳地抽走對方身上的被子。

「什麼鬼？」瑞比彈坐起來，手裡同時抽出壓在枕頭下的槍，「珂妮·邦妮妳他媽的最好……」

「花開了！」珂妮大叫。

瑞比一愣，馬上意識到事情不對，他捕捉到窗外的動靜，一個箭步往窗前靠近。

「我靠！」映入眼中的詭異畫面讓瑞比忍不住咒罵，「那些人是怎麼回事？」

「我也不清楚，剛剛看到他們從屋子裡走出來……」

「從屋子裡？所以他們是弦月區的居民？」

「啊，瑞比前輩快看！」

珂妮霍地大力抓住瑞比的手臂，要他趕緊往另一側看去。

又一間屋子門扇開啓，看似毫無異樣的數條人影從屋內緩緩踏出。

從瑞比和珂妮的角度，正好可以直視他們的正面。

下一秒，瑞比瞪大眼，親眼目睹了人體開花的過程。

起先是小小的枝條從那幾人的衣下鑽出，緊接著花瓣伸展，頃刻間形成了一朵迎風搖曳的碩大花朵。

就連他們的下頷處也冒出片片花瓣，邊緣捲曲上翹，一下就將他們的大半張臉包裹在內，只留下一雙雙眼睛。

神厄碰上的棘手怪事不少，可瑞比和珂妮還是頭一回見到這種怪誕駭人的景象。

「那是什麼？那些花像活的……是寄生型的魔物嗎？」縱然慌亂，珂妮還是迅速做出判斷，「整個弦月區的人該不會都……」

「管它是什麼玩意，都得立刻處理。」瑞比推了一把珂妮，「快去通知第一團的那些傢伙！動作快，別傻站著不動，聽到了沒有？」

「啊，是！我馬上去！」珂妮挺直背，提高嗓音回應。

瑞比要摀住她的嘴已來不及。

街道上的人影霎時被吸引注意力，紛紛抬高頭，眼睛全往旅館二樓的窗口望來。

鎖定了正站在窗邊的瑞比和珂妮。

然後他們的下頜處冷不防裂開一條裂口，宛如一張大嘴，高亢刺耳的嘯聲立時響徹天際。

「操，這下也不用通知了……」瑞比喃喃地說道，「妳可眞是幹得好啊，珂妮．邦妮。」

第9章

在斯利斐爾的引導下，繁星冒險團順利離開深山，回到了格里尼市區。

他們將昏迷的羅莎琳德安全送回房間，再如同一陣來去無影的旋風，轉眼從阿勃勒照護院裡消失。

不會有人知道他們曾在晚間到訪。

想到明天還得在山上花許多時間，翡翠催促眾人加快腳步，好早點回去旅館休息。

然而就在下一剎那，尖銳的嘯聲撕裂了沉寂夜色。

層疊的尖嘯就像出自無數張口。

分不出是何種生物的驚人聲響，彷彿要在今夜捲起猛烈風暴。

「什麼聲音？」翡翠面露愕然，緊接著珂妮先前說過的話重新躍於耳畔。

——繁星啊，請務必小心夜晚。

珂妮提過的小心，莫非就是指這個？

還沒等翡翠釐清思緒，瑪瑙率先變了臉色，「翠翠，有人靠近！」

「很多的人。」珍珠補充，手上的書已經收起，取而代之的是抽出雙生杖。只一眨眼，木頭小法杖改變形態，成為一柄剔透如冰晶凝塑的法杖。

「管他多少人，珊瑚大人都把他們通通揍飛啦！」珊瑚摩拳擦掌，興奮之情溢於言表。

幾乎珊瑚話聲一落，街角後就衝出了一人。

那人體格高壯，灰藍色頭髮凌亂，在路燈光芒下活像一團打結的海草，膚色則如大理石般蒼白。

落在珊瑚眼中就是可疑人士，她馬上雙手交握，食指併攏，火炎彈瞬時成形，眼看就要脫離指尖射出。

翡翠急急按住珊瑚的手，「珊瑚等等，那是烏蕨！」

「咦？咦？」珊瑚一愣，還沒將烏蕨與她看慣的大熊連在一起，更多腳步聲已然逼近。

「快跑！」烏蕨也沒想到會在這裡撞上繁星冒險團，但眼下沒有解釋的空檔，他目光鎖定翡翠，二話不說，扯住對方就跑。

如他所料，翡翠被抓，繁星的另外幾個成員就算弄不清狀態，也會反射性追上。

「你在幹嘛？快放開翠翠！」珊瑚急得跳腳，要不是顧及翡翠還被對方抓著，早就發射火焰了。

烏蕨鬆手，「應急之舉而已。繼續跑，不想死就別停。」

「斯利斐爾，後面是怎麼回事？」翡翠知道華格那負責人不會無故危言聳聽，他對著空中的光球高喊，「告訴我們詳細狀況！」

「很不妙。」斯利斐爾言簡意賅地說。

「我謝謝你喔。」翡翠飛快扭頭，撞入眼中的畫面讓他瞠大眼，差點懷疑是不是自己眼花產生錯覺。

那些是什麼？

那還是人嗎？為什麼他們身上開滿了花？

翡翠的視線與異變的半妖精們對上，後者像被激起更高昂的情緒，他們再次尖嘯一聲，開綻在身上的大花花心猛地射出墨綠藤蔓，毒蛇一般朝向翡翠襲咬。

「珍珠快開結界！」斯利斐爾沉聲一喝。

珍珠不假思索，法杖揚起，一道白色光壁剎那間在他們身後拔地沖起，緊接而來的是「砰砰砰」的撞擊聲響。

聽見異聲的眾人回過頭，看見光壁橫阻街頭，完全隔絕了後方道路，也攔下了那些異變人群的去路。

開滿斑斕花朵的半妖精不斷往前衝撞，試圖打破面前的障壁。

「噫！為什麼他們身上都是花？」珊瑚倒吸一口氣，「他們是誰？為什麼要追著我們跑？」

「準確來說，一開始是追著我跑，現在加上了你們。最好別在這逗留太久。」烏蘞發現一部分人開始往其他方向移動。

翡翠幾人也注意到了，他們一步步往後退。

「所以現在到底是什麼情況？」翡翠抽出自己的雙生杖，將它轉變成一柄鋒銳長槍，「拜託用最簡單易懂的方式說明。」

「他們都是弦月區的人，羅森也在裡面。我本來尾隨在羅森後頭，想弄清楚他半夜要去哪裡。」烏蕨說出了令人震驚的事實，「結果看到更多人走至街上，他們長出花朵，並進入地下墓室，在那裡奉獻出魔力。」

「奉獻給誰？」

「我不清楚，看起來像主使者的傢伙只說了……爲了偉大的榮光。」

翡翠心頭一震，「榮光？榮光會嗎？會跟伊利葉有關？」

「爲什麼會提到大魔法師？」烏蕨不解，「之前你要我幫忙查榮光會跟大魔法師的關聯……翡翠，你們究竟知道些什麼？」

「我會跟你說的，但不是現在。」翡翠瞄見其他路口也出現畸異人影，「我們現在該往哪邊？」

「先往教堂，神厄和教團的人住在那附近的旅館，而且從教堂可以再通到那處地下空間。」烏蕨迅速決定路線。

沒人有異議，大夥即刻跟著烏蕨拔腿急奔。

尖利的嘯聲此起彼落，開著花的半妖精在路上四處遊走，深夜的弦月區像陷入一場混亂。

烏蕨和翡翠等人一路往教堂前進。

可越跑，他們心中的不安預感越重。

據烏蕨所說，他只看到部分居民成群結隊地進入地下墓室，既然如此，弦月區的其他人呢？

照騷動規模來看，屋裡的人早就被驚動了吧。

爲什麼兩側屋子一片安靜，全然沒人外出察看，或者亮起燈火，從窗後一探究竟？

很快翡翠他們就知道爲什麼了。

更多的異變半妖精從另一方向湧現。

就連那些他們本以爲毫無動靜的屋子，也紛紛從內打開了門，但出現的並非倉皇失措的人們，而是……

開滿花，被魔物寄生的半妖精。

思及沃克夏提到的「最後一批」，烏蕨的心如墜谷底。

換句話說，在這之前還有更多人。

只怕現在整個弦月區……幾乎淪陷了。

「斯利斐爾，長在那些人身上的花到底是什麼？」翡翠在腦中和斯利斐爾通話。

「它們是蘿絲瑪麗。」

「咦？」翡翠愣怔一瞬，沒想到會聽見這麼柔美的名字。

可接著斯利斐爾讓翡翠明白到，就算擁有看似無害的名稱，它們的殺傷力卻十足十地強大。

而且，格外棘手。

蘿絲瑪麗是種寄生魔物，集體行動，當中有類似蜂后的存在，也就是所謂的母體。

它們外表肖似植物，會入侵生物體內，根莖能鑽至宿主全身，控制宿主的大腦，掌控他們的行爲。但宿主本身卻毫不知情，也不會察覺任何異狀。

它們在挑選宿主時，會鎖定擁有健康身體、正值青壯年的生物，也只有這類目標，才能讓它們眞正紮根生長。

若是進入幼童或老人體內，蘿絲瑪麗只會靜靜沉眠，並隨著排泄物流出體外。

被蘿絲瑪麗寄生的宿主初期容易陷入出神狀態，看在他人眼中就是在發呆，接著眼底有時會有細藤遊走，下個階段就會長出花朵。

寄生過程中，蘿絲瑪麗會不斷榨取宿主魔力，將之奉獻給母體。若母體下達指令，它們就會依令行動。

一旦宿主身上的花全部褪爲白色，就表示蘿絲瑪麗的根已經扎進心臟深處，再也無法救治，徹底淪爲它的傀儡。

「換句話說，在花變白之前都還有救吧。」翡翠抓住重點，「怎麼救？」

「找出母體，殺了。」斯利斐爾平靜地說，「只要殺了它，隸屬母體的蘿絲瑪麗都會自動枯萎，脫離宿主身體。」

翡翠一五一十地轉告其餘人斯利斐爾所說。

「母體有什麼特徵？」一聽弦月區的人還有救，烏蕨稍微鬆了口氣。他的朋友也在其中，無論如何他都不希望對方只能踏上消亡一途。

斯利斐爾直接出聲，「誰能夠控制蘿絲瑪麗，誰的體內就有母體。」

「沃克夏！」烏蕨瞬間有了目標，「他僞裝成弦月區教士收養的孤兒！」

「你說主使者僞裝成孤兒？」電光石火間，翡翠釐清了關鍵，「弦月區那麼多人都遭到蘿絲瑪麗入侵，最有可能是他們都碰到同樣的東西，並將它們吃下肚。」

「你是說……」烏蕨意會過來，神情一凜，目光與翡翠撞在一塊。

兩人異口同聲說出了同樣答案。

「祝福藥水！」

是了，既然沃克夏偽裝成孤兒待在教堂裡，又幫忙一起分送祝福藥水，他隨時都能在藥水裡動手腳，又不被人發覺。

前來領取的人民壓根不會知道這些事，他們喝下藥水，也讓蘿絲瑪麗入侵了他們的身體，繼而被其佔據。

「那沃克夏現在人呢？」珍珠提出重要疑問。

「我逃離時他人應該還在地底下，我打斷了他法陣的運作，但是……」烏蕨不免想到一個更糟的結果，「要是他棄之不顧，又重新偽裝成其他外表、回到教堂裡……」

「他逃逸的可能性不大。」斯利斐爾直截了當地說，「蘿絲瑪麗會集體行動，只要他體內還有母體，母體就不會讓他捨棄同胞，他一定還待在弦月區。」

「必須再快點！」烏蕨催促。

誰也沒有反駁烏蕨的意見，眾人腳步加快，就怕晚一秒會造成不可挽回的後果。

越往教堂接近，逐漸能聽見如同野獸的尖嘯中混入了倉皇的大叫和哭喊，老人小孩正驚恐奔逃。

那些沒被蘿絲瑪麗操控的居民飽受驚嚇，他們怎樣也沒想到，自己的家人鄰居，不管是認識或不認識的人，一夜之間成了駭人怪物。

他們陷入了恐慌，像無頭蒼蠅般在外逃竄，只能下意識地依循著他人的指揮行動。

而當他們回過神來，才發現是一群身著黑色制服的教士在協助他們。

是中央派來的教士！

「快往這邊過來！」

「快進去教堂！」

「到教堂裡面躲好！或是待在屋子裡，將門窗鎖好，別靠近那些魔物！」

「幫忙照顧好身邊的孩子，別讓他們失散了！」

武裝教士一邊高聲指引慌亂的人群，一邊持劍與身上覆滿花的身影對抗。

其中瑞比和珂妮負責最前線。

「瑞比前輩，記得別殺了他們！」珂妮像是靈敏的兔子在魔物群中閃躲，她四下搜尋著土壤外露的區域，好讓地兔族的怪力充分發揮，「他們說不定還有救，他們是無辜的民眾啊！」

「妳口中的無辜民眾，都能把妳這笨女人撕了。」瑞比嗤笑一聲，藍眸冷酷。他握著槍托，每一次抬臂，都有一枚子彈疾速飛出，瞄準魔物的手腳。

槍聲不絕於耳，混著魔物群的尖嘯，逃跑民眾的驚喊，交織成讓人驚心動魄的失控樂章。

瞥見瑞比的攻擊沒有造成魔物的致命傷，珂妮鬆了口氣，連忙繼續搜尋目標。

接著還眞的讓她發現了一座小菜園。

感謝眞神！珂妮雙眼一亮，正要一個箭步衝去，破風聲到來。

危險逼近的直覺讓珂妮迅速往旁一避，及時躲過身後魔物的偷襲，但斜後方又冷不防鑽竄出多條綠藤，快狠準地纏住她的右手腕。

眼看魔物要將自己一把扯過，她立刻反手拽扯住那條藤蔓，左腳奮力往旁邁步，腳尖眼看就要踏入菜園。

只差那麼一點點，最先偷襲她的魔物再次撲來，艷麗斑斕的花朵從中心處長出了尖牙，即將咬上她的肩側。

說時遲、那時快，兩團緋紅火焰如子彈襲來。其中一發裹上第一隻魔物的腦袋，逼退它後又瞬間消隱，另外一發則是燒斷了第二隻魔物的藤蔓。

甩開藤蔓的珂妮順勢一腳踩進菜園，再一轉頭，驚喜躍上她的臉，「珊瑚！繁星冒險團的各位！」

「現在狀況如何了？」烏蕨直接切入重點。

「你是……」珂妮雙眼染上疑惑，眼前男人的面孔對她來說極爲陌生。

「他是烏蕨。」翡翠飛快說道。

「啊！」珂妮大吃一驚，沒想到會在這碰上冒險公會負責人，「你是華格那的……不知道怎麼回事，弦月區的人大多出現異變。他們身上開花，推測是遭到某種寄生魔物入侵，我們現在正將沒受到影響的人安排到教堂裡避難。」

「該死，教堂裡可能有沃克夏！你們得趕緊派人去教堂搜索！」烏蕨暗惱自己還是慢了好幾步，「沃克夏就是主使者，他體內有操控這些魔物的母體。」

「沃克夏？」這名字在珂妮腦中轉過一圈，立即搜尋到對應的身分，「千面？那個擅長偽裝他人的殺手！」

想起沃克夏的特殊技能，珂妮臉色微白，馬上明白事情的棘手。

「我這就通知瑞比前輩跟其他人！」

「斯利斐爾，你跟珍珠一起過去幫忙。」翡翠當機立斷，讓珍珠他們一起加入珂妮的行列。

「斯……斯利斐爾？」乍聽見這名字，珂妮震愕地倒抽一口氣，她只知道繁星冒險團多了一名新成員，還不曉得當初在浮空之島殞落的斯利斐爾居然以另一種模樣重新歸來，「你不是已經……」

「他的事晚點再解釋，正事要緊。」翡翠迅速打斷珂妮的疑問。

「啊，對！那這裡就拜託你們了！」珂妮不敢久留，扔下這句話後便帶著珍珠和斯利斐爾火速離去。

「盡量讓它們聚集起來，別讓它們太靠近教堂。」烏蕨抓出數顆種子，以驚人的速度喃唸咒文。

碧色即刻突破種子表皮，飛也似地成長壯大，只眨眼間，堅韌的樹藤覆在烏蕨的右臂上，一路朝手掌外延伸，纏繞成兵器般的形狀，乍看下，有如一柄巨大的褐色騎槍。

「珊瑚大人會大顯身手的！」珊瑚早就迫不及待，抓在手裡的赤紋法杖轉瞬燃燒出圈圈烈火，「把它們通通——燒光光！」

「不行，翠翠還想救那些人，妳忘記他說的嗎？妳怎能不把翠翠的話放在心上？」瑪瑙蹙起眉，像對珊瑚的做法極為不認同。

正當珊瑚慚愧於自己的粗心，只有她聽得見的下一句話輕飄飄地進入她的耳內。

「妳該燒的是妳那沒用的大腦。」

啊啊啊啊啊！好氣啊！珊瑚怒瞪瑪瑙，像是巴不得撲上去揍他一頓，但先別提打不打得過，她也不能在不知情的翡翠面前動手。

「珊瑚大人要把這些醜八怪……燒到剩好幾口氣！」珊瑚憤怒地將法杖直指前方，彷彿將那些開花魔物都當成了瑪瑙，「翠翠我們上！」

「沒問題，我們就來好好大鬧一場吧。」翡翠看著從四面八方圍靠過來的開花魔物，右臂伸直，做出射擊的手勢，眸裡閃耀利光，「風系第二級中階魔法，威力削弱，準度加強加強再加強——」

「狂嵐裂陣。」

後方傳來雷鳴似的轟隆聲響，珂妮的奔跑不敢停滯，繼續卯足全力往教堂狂奔。

珍珠揮舞著法杖，在斯利斐爾的指令下精準張開一面面淡白障壁，阻擋接二連三從不同方向撲來的魔物，確保前行的道路暢通無阻。

瞧見瑞比的身影，珂妮忙不迭大喊，「瑞比前輩，千面混在教堂裡，他是操控魔物的原凶！」

「千面？那個沒臉見人的雜種？」瑞比眉頭一擰，「怎麼會跟他扯上關係……算了，反正就餵他子彈吃到飽吧！」

三言兩語決定好千面未來的命運，瑞比朝圍逼過來的魔物連開數槍，魔紋彈霎時炸開，成了一圈凶猛烈火，讓它們本能地畏縮後退。

瑞比沒有戀戰，轉身便與珂妮他們一同往教堂跑。

「確定千面在教堂裡？」瑞比邊跑邊扔出問題。

「其實不是很確定……」

「珂妮．邦妮！」

「是烏蕨先生說的！他說沃克夏可能躲在教堂裡！」面對瑞比火大的質問，珂妮一縮肩膀，急忙解釋。

「華格那的負責人為什麼也……算了，這不是現在的重點。」瑞比把疑問果斷拋到腦後，「把事情說清楚。」

「由在下來說明。」斯利斐爾霍地出聲。

瑞比猛地揚頭，看見頭頂上飄著一團白光，重點是，從白光裡發出的聲音讓他異常熟悉。

「斯利斐爾？」瑞比無比驚愕，「我靠！這聲音是斯利斐爾吧，你不是在浮空之島……啊啊，這個也晚點再說吧，先說正事！」

斯利斐爾用最簡短的方式，有條不紊地將烏蕨碰上的事，以及蘿絲瑪麗的特性全部轉告瑞比。

得知來龍去脈的瑞比一時啞然，他沒想到沃克夏一出手，幾乎讓弦月區全都淪陷。

「那雜種到底想幹嘛?憑他一個人搞不出這種大陣仗的事，他肯定是巴上誰了。」瑞比惱火地彈了下舌，「總之只要宰了他，那些被寄生的人就沒事對吧?」

「對。」斯利斐爾簡短地給出肯定。

瑞比也懶得去想沃克夏背後的勢力究竟是誰，就算現在弄明白，對眼前情況也沒有太大幫助，倒不如專心把那傢伙逮出來。

在珍珠的守護下，瑞比一行人順利前進，沒多久就來到了教堂外。教堂前的廣場上，十多名武裝教士嚴守陣線，不讓魔物有機會越雷池一步。

「艾力克隊長!」珂妮一眼看見了小隊的領導人，她三步併作兩步地上前，將沃克夏與魔物的事告知對方，「我們必須趕緊把沃克夏抓住才行，才有辦法阻止這一切!」

「沃克夏……千面?」艾力克濃眉皺得死緊，他也知道千面的能力有多棘手，「我讓安德魯和奧滋跟你們一起進去!」

「我和斯利斐爾留在外面。」珍珠一手攥住偽裝成字符的白紙，一手高舉剔透如冰的法杖，杖端浮現螢白光芒，下一瞬間化成了片片光壁，攔截住直衝的魔物。

瑞比一馬當先地打開大門，斜長影子才投映入室內，立刻引來此起彼落的驚叫。躲在教堂裡的人們面色惶惶地看向門口，深怕是外面的魔物闖進來。

直到發現是個神情桀驁不馴的橘髮少年，身上也沒有任何怪異的花，才鬆了口氣。尤其見到少年身後還有兩名黑衣教士一同進入，提至嗓子眼的心更落了下來。

珂妮是最後進來的，她反手關上教堂大門，目光快速掃過人群。

聚集此處避難的都是些老弱婦孺，他們縮著身子，彼此靠在一起，不敢擅離原地，有些人嘴裡還喃唸著眞神保佑。

其中賈斯汀教士的身影最爲顯眼。

頭髮花白、微躬著背的老教士在人群中走動，不時出聲安撫民眾，或許是來得匆忙，連正式的教士服都來不及換上，只裹了件斗篷。

「妳去問，我跟另外兩個傢伙去裡面找。」瑞比往兩名武裝教士比了個手勢，率先往另一方向走去。

「賈斯汀教士。」珂妮連忙上前問話，「請問你收留的那幾名孩子呢？他們也在這裡嗎？」

賈斯汀教士回過身，瞧見是珂妮，原先緊繃的表情略微放鬆，「他們在……我想想他們是在……」

就在這當下，又一道人影從另個門洞後走出，蒼老的嗓音跟著響起。

「伊萊亞，你有看到芮恩嗎？我一直找不到她……」

最後幾個字停在那人嘴裡，他呆立原地，雙眼震驚瞠大，目瞪口呆地看著就站在另一端的……

自己。

從門洞後走出來的赫然又是一位賈斯汀教士，他的教士袍凌亂地掛在身上，顯然是匆忙趕來的。

被點到名的男孩茫茫然地站起，他看看左邊的賈斯汀教士，又看看右邊的賈斯汀教士，不知道自己該回應哪一邊。

教堂裡的眾人也呆住了，誰也沒想到會同時見到兩位賈斯汀教士。

除了服裝不同，兩名長相一模一樣的老人面面相覷，他們的外貌、體型完全看不出分毫差異，簡直就像完美的鏡像。

「兩……兩個賈斯汀教士？」有人顫顫地說，「爲什麼賈斯汀教士會有兩個！」

這聲驚嚷就像是水落進熱油，霎時在教堂裡激起驚濤駭浪。

「你是誰！」兩個賈斯汀教士同時神情大駭，異口同聲地質問對方。

不待旁人搞清楚，珂妮已看見離自己最近的那個，眼珠裡驟然湧現了扭曲黑絲。

即使只是短短瞬間，也足以讓她分辨出眞假。

穿著斗篷、他們最先碰到的這個……是假的！

「瑞比前輩閃開！」珂妮大喝一聲，捏緊的拳頭迅猛地往面前教士直直擊出。

地兔族的怪力這一刻發揮得淋漓盡致。

蘊含驚人力道的拳頭毫不留情地砸在假教士的肚腹上。

劇痛從肚子席捲全身的剎那間，僞裝成賈斯汀教士的沃克夏倒飛了出去，筆直地穿越過走道，撞破閉掩的木頭大門，整個人狼狽地摔在外頭的廣場上。

突來的重物落地聲讓珍珠他們吃驚回頭，映入眼中的是一名裹著斗篷的老者。

「賈斯汀教士？你怎麼……」一見從教堂內飛出的是賈斯汀教士，隊長艾力克大吃一驚，剛想退幾步到對方身邊察看，可欲挪動的腳後跟猛地頓住。

只見屬於老年人的體態急遽發生變化，花白的頭髮一下滲染上大量灰色，轉瞬從白髮變成了灰髮，就連身高也跟著抽長。

那不是賈斯汀教士。

那分明就是沃克夏．雷頓！

只要消滅沃克夏體內的魔物母體，那些被入侵寄生的弦月區人民就能獲救！

艾力克當機立斷，長劍毫無遲疑地就往沃克夏劈下。

凜寒劍光一閃，劍鋒卻沒有成功劈開沃克夏的血肉，反倒被中途攔截。

沃克夏的肩胛裂開縫隙，怪異的黑影從裡頭飛速竄出，有如兩隻畸形大手，牢牢地抓住了艾力克的長劍。

沃克夏肩頭的歪曲黑影霍然施力，竟連劍帶人地將艾力克舉起，直接甩向至更前方的魔物群中。

「隊長！」艾力克的隊員立刻要衝上前救人。

但有人比他們的動作更快。

隨著珍珠心念一動，又一面雪白光壁在艾力克身下及時展開，避免他落進魔物群的下場。

艾力克的愣神只有一瞬，他馬上重整身勢，一個大力縱躍，有驚無險地回到了自己隊員身旁。

「別鬆懈，別讓它們闖進廣場！恩格爾、巴杜站左三和右四方位，其餘人繼續協助那名少女！」艾力克發出一條條指令，自己則擋在沃克夏的另一側，和隊員以三角包圍網，斷絕沃克夏所有逃脫之路。

「你們這些卑劣下等的老鼠……讓你們見識吾主賜予我的榮光！」被封鎖去路的沃克夏怒極反笑，稱得上端正的面孔扭曲成猙獰模樣，瞳孔深處有黑色在湧動。

起初艾力克還以為是自己的錯覺，可下一秒，那些黑絲前仆後繼地從沃克夏的眼眶裡爬出。

珂妮和瑞比從教堂跑出來時，正好撞見沃克夏整張臉都被黑絲覆蓋的一幕。

擁有千面之稱的殺手全身抽搐，臉部黑絲蔓延極快，一路往他身軀前進，不祥的漆黑好似要將一切吞噬殆盡。

瑞比立即舉槍對準沃克夏眉心，可還沒扣下扳機，一股力道猝然抓住了他的手臂。

「不行，不能殺了他！」就算看見瑞比眼中溢出了森冷殺意，珂妮仍是沒有退怯，

「殺了就什麼也不知道了！」

沃克夏的意圖、他背後的勢力……抽取半妖精們的魔力又是爲了什麼？這些只能從沃克夏口中撬出答案。

「留一口氣能喘就行了吧。」瑞比大力甩開珂妮，朝不斷抽搐的沃克夏連開兩槍。珂妮沒再阻撓，她看得出瑞比子彈的軌跡是鎖定沃克夏的雙膝。

但無論是瑞比或珂妮都沒想到，本該將沃克夏膝蓋炸開的魔紋彈卻被黑絲裹住，接著咀嚼咬碎的聲響從黑絲裡傳出。

瑞比神色瞬變，可下一刻，出現了更令人震駭的畫面。

沃克夏的身體停止抽搐，他直挺挺地站在原地不動，就像一根漆黑的柱子，而四周的開花魔物也驟然沒了動靜。

但沃克夏的停滯只有短短幾秒，旋即他身體中央浮現一道白線。

不對，不是白線。

一道裂口撕開了沃克夏全身，無數白色物體在裂縫內蠕動，爭先恐後地鑽冒出來。

就像破繭而出，白色物質竄得飛快，一下就將沃克夏的皮囊徹底撐開。

接著那副皮囊像遇熱的奶油般融解，混入了白色物質之中，再也看不出任何屬於沃克夏的痕跡。

而那些怪異的白色物質如同一塊大型黏土，彷彿是被看不見的雙手用力揉捏，很快就有了具體輪廓。

它看起來像隻雪白的巨大螳螂，足足超過兩個人高，兩隻前足如巨大鐮刀，交抵在胸前，宛若祈禱的姿勢。腹部末端拖曳著多條暗綠藤蔓，如同尾巴般不時顫動，發出細細的嗡嗡聲。

但該是昆蟲頭部的位置，卻又詭異地被白花取代。

大大小小的雪白花朵簇擁在一起，花心中間長著一張嘴，張開後可見森森利齒。

沃克夏從人形化為駭人怪物，不過是轉眼之間。

偏偏就在這時候，教堂裡又衝撞出多道瘦小人影，他們跑得飛快，好像沒瞧見外頭多麼危險。

「等等！伊萊亞、溫妮、鮑恩……噫啊啊啊！」緊追在後的賈斯汀教士看見廣場上的恐怖魔物，臉色慘白，雙腿一軟，差點就要站不穩，也錯失了拉回自己收養的孩子的時機。

眼看他們就要一頭往最危險之處衝進，瑞比和珂妮連忙攔下人，但三個小孩卻像滑溜的魚，異常敏捷地閃開朝自己伸來的手。

他們的速度快得不正常。

異樣感剛閃過瑞比心頭，只見三人後背也出現了裂縫，白色物質彈指間已撕開他們的軀體，化成體型比沃克夏小上一圈的雪白螳螂。

只不過它們的頭部仍維持螳螂的模樣，碩大複眼呈現一片猩紅，裡面像有無數微小物質快速流動旋轉，白色的軀殼還披覆著一層鳥類的羽毛。

賈斯汀教士這下是真的站不住了，他一屁股跌坐在地，面色如土，瞪大的眼內滿是恐懼與茫然，不明白自己收養的孩子怎就變成了魔物。

猝不及防的異變震撼了所有人，他們像是一時喪失說話能力，只能不敢置信地望著眼前的一切。

空氣彷彿跟著那些不動的魔物一併凝固了。

「這就是……蘿絲瑪麗的眞面目嗎？」珂妮顫顫地擠出聲。

「不。」斯利斐爾否定了，他的聲音平穩，語氣森寒，「它們都是奇美拉，最大的那隻，則是融入了蘿絲瑪麗的母體。」

第10章

「奇美拉」三個字如同巨石砸入死寂的湖面，掀起了猛烈的波濤。

神厄與武裝教士神色大變。

他們見識過榮光會和慈善院檯面下的奇美拉實驗改造，深知這種人造魔物的危險有多大。

但這個實驗理應隨著兩個組織的消失而被終止……不對。

眾人神情驀地再變，瑞比更是咒罵出聲。

慈善院確實由教團接手處置，可榮光會只是勢力沒落，卻沒有眞正從瓦倫蒂亞黑市退出。

他們以爲榮光會在歷經多方征伐後已不成氣候，難不成……榮光會對奇美拉的研究暗地裡又死灰復燃？

還是說仍有他們不知道的勢力在幕後操弄一切？

疑問簡直如泡泡般拚命湧冒，可眼下他們沒有時間細思，靜佇在廣場的巨大白花螳螂忽地晃了晃，緊接著仰頭嘶吼一聲。

就像與它的喊聲呼應，圍繞在教堂外的蘿絲瑪麗和另外三隻奇美拉也跟著一併發出尖嘯。

刺耳的嘯聲迴盪在弦月區上空，彷如滾滾雷聲。

伴隨著嘯聲四起，所有靜止的魔物都像解除了限制，如潮水一波波地往廣場前進。

「攔住它們！」瑞比縱身躍進戰場，扳機連扣，槍聲疾響。

一顆接一顆的子彈挾帶凶猛威力，如疾風、如烈火，以肉眼難以捕捉的速度在廣場上馳騁。

「賈斯汀教士，請你立刻進去！別讓其他人出來！」珂妮大步一邁，拎起腿軟的老教士，顧不得動作是否粗魯，直接把人甩進門內。

武裝教士持劍衝上，與躁動的魔物群對抗。

珂妮吐出一口氣，確認地兔族的怪力還未退去，她捏緊拳頭，轉身同樣加入對戰魔物的行列。

瑞比負責牽制白花螳螂，周旋一陣後，他發現對方的注意力總是落在珂妮身上，他也不遲疑，馬上長臂一探，大力拽過才剛一拳擊飛魔物的珂妮。

「幫我吊著它，別讓它跑遠！」

「咦？什麼？」猛然被拉過來的珂妮一頭霧水，可接著朝她揮下的白色鐮刀讓她無法分心多問。

或許是記恨著珂妮曾一拳將自己揍飛，即便旁邊有瑞比干擾，白花螳螂仍堅定不移地只攻擊珂妮。

「斯利斐爾，有什麼方法可以阻止那些居民？」混亂間，誰也無暇留意自己，珍珠便不再假裝拿著字符。她像飛蝶在魔物間穿梭，法杖揮動，另一手張開，毋須唸咒就能流暢地張開一面面結界。

白光如同護盾，總是最及時地擋在武裝教士或瑞比他們面前。

但即使如此，前有蘿絲瑪麗，後有奇美拉的雙重夾擊，腹背受敵的眾人漸漸感到吃力了。

「砍下母體的尾巴，其餘的蘿絲瑪麗就不會再受它操控。」斯利斐爾言簡意賅地說，「這時只要一口氣讓開花魔物失去意識即可，它們不會再重新站起。」

瑞比聽見這話，槍口一轉，對著那幾條發出怪異嗡嗡聲的綠藤連開兩槍。

然而那些綠藤就像活物般，察覺危險逼近便馬上蜷縮起來，讓子彈只能撞進空氣，最終徒勞無功地在地面上炸開。

面對攻擊落空，瑞比只咂了下舌，瞄準開槍的動作沒有因此停下。

槍聲接二連三，子彈以刁鑽的角度從各方位襲向白花螳螂的尾巴。

在瑞比鍥而不捨的攻擊下，白花螳螂不再只專注於珂妮一人。它發出怪異的嚕嚕聲，頭部位置的白花冒出了多顆大大的白色氣泡。

氣泡速度極快，一下就往下方人影接近。

瑞比警覺高，當即靈敏閃過，但他的兔耳帽仍被氣泡擦到了，一股焦味立時傳來。

「當心那些氣泡！」瑞比厲聲警告。

可就算眾人有了警覺，重重魔物包圍下，部分人依舊難以躲閃，被白色氣泡沾上。

燒灼般的疼痛瞬間讓武裝教士悶哼一聲，咬牙吞下了痛號，但制服和底下的皮肉已被大片灼傷。

「珂妮，我打掉尾巴的話，妳有辦法一口氣弄昏其他傢伙嗎？」瑞比一腳踹開想逼近自己的開花魔物，俐落換上新的魔紋彈。彈匣一闔緊的瞬間，他舉槍對著白花螳螂腳下射擊。

子彈撞上地板，卻沒有炸開，反而彈跳起來，出其不意地飛向了白花螳螂的尾部，來勢洶洶地射穿其中一條尾巴。

白花螳螂憤怒尖嚎，尾巴顫動得更厲害，巨大的前足發瘋似地不斷朝瑞比揮砍。要不是有珍珠的光盾幫忙，瑞比身上只怕早就沒有完好之處。

「可、可以！」怕自己的聲音淹沒在魔物製造的響動中，珂妮扯著嗓子高喊，「但我需要時間，還要不受干擾！」

「這部分可以交給我。」珍珠將珂妮往自己的方向使勁一拉，緊接著多面光壁拔地而起，就連上空也被覆蓋，就像是堅固的光箱將兩人牢牢地護在其中。

珂妮先是一怔，隨即雙手交握，開始了高速詠唱。

低柔的嗓音如同在唱奧祕的歌謠，每個音節緊追著下一個，沒有一絲停頓。

珍珠注意到，珂妮身周逐漸環繞淡白色的光點，像是月光碎片冉冉飄落。

白花螳螂與另外三隻奇美拉似乎本能地察覺到光箱對它們有所妨礙，它們像在交談般發出嚕嚕聲，接著三隻奇美拉不約而同地調轉方向，將光箱鎖定爲首要攻擊目標。

雪白的鐮足從各方劈砍上光箱，刺耳的聲響接連不斷。

珍珠必須維持光箱的穩定，同時還要分神爲武裝教士們開啓光盾，這不僅消耗她的魔力，就連精神力也在高度耗損。

她面色發白，汗水沁出後頸，染濕了貼伏在頸項間的髮絲。但她握著法杖的手指沒有絲毫動搖，仍然有條不紊地依照斯利斐爾的指令張開結界。

瑞比面上不顯，但心裡焦躁，白花螳螂似乎看穿他的意圖，召來一群開花魔物圍守在自己身邊，讓他的子彈無法輕易突破。

瑞比瞥見光箱內的光點已匯集成光帶，這表示珂妮的魔法即將完成。

要是自己這裡沒成功搞定，那他前輩的臉還往哪裡擺？

即便焦慮如火焰在心裡焚燒，但瑞比的大腦卻無比冷靜，他目光飛快掃射，轉眼分析出一條前行的道路。

瑞比先是一個靈活閃身，閃過開花魔物的撕咬，對著最近的魔物就是一槍，打中了對方腿部，讓它不得不往下屈膝。

抓住這個機會，瑞比三兩步踩上魔物，直接將它當成了踏腳石。

他高高躍起，在夜空下身形一扭，黑黝黝的槍口對準了底下的白花螳螂。

在白花螳螂噴出的白色氣泡覆上手臂之前，瑞比毫不猶豫地扣下扳機。

槍聲大響的同時，他也感受到臂上如遭火燎，但就算劇痛讓他扭曲了表情，他仍扯出了猛獰的笑容，看著魔紋彈一往無前，打斷了白花螳螂的兩條尾巴。

還剩下最後一條！

瑞比以能減緩衝擊力道的姿勢在地面翻滾一圈，手臂的疼痛被他棄之不顧。他飛快站起，但還沒等他設法再解決最後一條尾巴，斯利斐爾的聲音冷不防進入耳中。

「往後退，現在！」

瑞比向來不聽他人指揮，但斯利斐爾奇異的威壓讓他反射性一個頓步。

再下一秒，他發現自己已經向後退了。

就在這一刻，多枚火焰利箭從天而降，又在半空分裂爲更多，如同下了一場赤色火雨。

縱使受到母體的指令行動，但怕火終究是植物的天性，擋護在白花螳螂前的開花魔物本能地逃竄，就怕沾到一絲烈火。

隨著火雨闢出了一條道路，一道高亢清亮的嗓音也像利刃貫穿了黑夜。

「風系第一級初階魔法——風之刃！」

淡綠氣流猶如最鋒利的刀刃呼嘯而過，直衝向白花螳螂的尾巴，當場將最後一條綠藤斬落。

失去來自母體的命令傳達，所有蘿絲瑪麗同時停下動作，它們就像陷入了迷茫，不知下一步該做什麼。

就是現在！

珍珠法杖拄地，光箱轉眼改變形態，從封閉成了開放，多片光壁連成扇形盾牌，朝著三隻奇美拉猛力一撞。

奇美拉被逼退的剎那，珂妮眼中閃過毅然，平時細軟的嗓音這時拔成堅定嘹亮。

「光系第一級中階魔法——神賜安寧！」

珂妮周身光帶頓如煙花朝高空噴散，霎時連綿一片，聖潔的光輝將附近區域全數籠罩其下。

凡是被白光映照到的開花魔物，都像被切斷引線的木偶，身子一軟，直接往地面倒下。

眼前場景就像骨牌被推倒般，轉眼嘩啦嘩啦地倒了大片，也讓從另一端趕來的幾道身影越發顯眼。

正是翡翠一行人。

失去對蘿絲瑪麗的掌控，讓白花螳螂燃起狂怒，而翡翠幾人的到來，對它而言無疑帶來更大的刺激。

意識到他們當中有人砍了自己的尾巴，切斷它和族群間的聯繫，它的怒焰登時被推至最巔峰。

嚕嚕聲拔得響亮，聽在翡翠耳中像是某種大型器械的引擎聲。

下一瞬，白花螳螂和體型比它小上一圈的奇美拉暴起攻擊，它們分別朝翡翠等人和珂妮、珍珠的方向衝撞。

銳利的足刀高高揚起，快如雷電地劈砍下來，空氣被撕裂，帶出尖銳的破空聲。

「有珊瑚大人在，別想傷害珍珠！」珊瑚的身影快得像條閃電，她揮舞著形如巨槌的法杖，迅猛地闖進奇美拉與珍珠之間。

火焰平空繚繞上法杖，隨後挾帶悍然力道朝奇美拉頭部重重揮擊。

高溫及蠻力讓奇美拉發出了慘叫。

見同伴受創，讓另一隻奇美拉凶狠地撲來，卻被雪白劍芒擋下。

正是武裝教士。

沒了被控制的半妖精的阻礙，武裝教士們終於不再綁手綁腳，得以拿出全力。

在艾力克的指揮下，他們迅速展開不同陣型，與繁星冒險團及神厄聯手圍剿奇美拉。

翡翠沒有立即加入戰圈，反倒一把撈過空中的斯利斐爾，「幫我一把！」

斯利斐爾會意，趁沒人留意之際，融入翡翠體內。

翡翠的黑瞳邊緣瞬間染上一圈紅。

在斯利斐爾的協助下，他流暢地操控起風系元素，將橫倒在廣場內的半妖精們送到外邊。

「珍珠，把這圍起來，妳退到外面去！」確定廣場上沒有弦月區的居民後，翡翠立刻喊道。

「妳也出去！」瑞比動口的同時也動手，一把揪住珂妮衣領，沒有半點憐香惜玉的意思，直接把人往廣場外用力一甩。

珂妮差點狼狽地摔在地上，她連忙撐起身，但也沒貿然闖回。她感覺得到，地兔族的怪力即將退去，若繼續待在裡頭，只會扯同伴們的後腿。

依照翡翠的吩咐，珍珠揚起法杖，螢白光輝沿著廣場外緣飄起，再一眨眼，立即成了高聳障壁。

教堂前成功清出一片不受干擾的戰場，一來避免奇美拉闖出生事，二來也讓昏迷的半妖精免遭波及。

斯利斐爾從翡翠體內剝離出來，他迅速飛上空中，成爲珍珠的眼，替她縱覽全場，隨時發出進一步指示。

珂妮也不是就傻傻地待在廣場外，她深深吸了一口氣，開始在地面畫起魔法陣。光壁內，攻防如火如荼。

白花螳螂儼然仍記恨著翡翠砍去它的最後一條尾巴，它微俯著頭，朵朵白花就好像它的雙眼，花心全轉向翡翠的方向。

下一刹那，所有白花顫動了，花瓣間溢冒出更多氣泡，與先前的大泡泡不同，這次噴薄出來的更像是渾濁的泡沫。

它們一團團地砸落在地，轉眼間有更多細細長長的扭曲蟲子從泡沫裡鑽出來。長蟲邊蠕動邊蛻皮，速度極快，不過幾個呼吸間，竟從幼蟲蛻變爲螳螂成蟲。頭部同樣長著白花的小螳螂發出尖細叫聲，鐮足揮動間帶出鋒利氣流，簡直就像防不勝防的暗器，在眾人身上製造出條條血痕。

血腥味讓這些奇美拉們更爲狂暴，攻擊速度加快，力道也更加迅猛。

珊瑚被割得哇哇叫，滿腔怒火只想找個出口好好發洩，她掄起法杖朝小螳螂連連擊打，火焰更是不留情地不住掃射。

然而這些白色螳螂與蘿絲瑪麗不同，火焰對它們造成不了太大傷害，就算頭部的花瓣被烈火舔舐，頂多表面泛焦，卻不曾眞正燃爲灰燼。

「啊啊啊，可惡！它們的殼好硬，爲什麼燒不掉！」珊瑚一腳踢開想跳至自己身上的小螳螂，下意識想尋求珍珠的幫助，但一轉頭，只見到眉眼冷肅的瑪瑙。

「妳是豬腦袋嗎？燒不掉就先用蠻力打，難不成妳連四肢都是擺設？」瑪瑙輕輕睨了一眼，羽刀斜割向另一隻奇美拉的中足。

但奇美拉就連腿節也異常堅硬，羽刀只在上面留下一道不算深的裂口。

珊瑚內心立刻平衡了，她朝瑪瑙露出嘲笑，轉頭繼續奮力鎚打起地上那些四竄的小螳螂。

雖然小螳螂速度飛快，可還沒等它們狡猾地躲過珊瑚的攻勢，已被沿著地面攀繞的灰藤猛地纏繞住腳，像陷入掙脫不開的魚網，行動受限。

催生完灰魘藤的烏蕨又拿出數顆種子往地面一撒，不偏不倚就落在奇美拉腳邊。

烏蕨一邊敏捷閃躲那些如驟雨落下的劈擊，一邊低聲喃唸咒文。

快速在他身邊張開的光盾幫忙分擔了壓力，但終究難免有疏漏。

突然間，烏蕨後方有道凌厲氣流掃盪過來，危險的逼近讓他寒毛豎起，接著猛然往後扭身，手臂上纏成騎槍形狀的樹藤霎時改變形態，盤繞成一面堅固盾牌，硬生生接住了奇美拉齊齊往下砍的鐮足。

奇美拉的力道凶猛，雖沒破開烏蔽的藤盾，但仍逼得他身勢不穩，雙腳往後滑退。

沒被灰魘藤綁住的小螳螂趁隙一擁而上。

「風系第一階初級魔法——風之刃！」

危急之際，多道淡綠色氣刃風馳電掣到來，就算無法將奇美拉和小螳螂斬爲兩半，卻也成功逼退它們了。

「操他媽的！它們的殼眞的太硬了！」瑞比也瞥見翡翠那方的戰況，他扭身一閃，衝著奇美拉就是連開數槍。

然而不論是他的魔紋彈，或是武裝教士的長劍，都難以在奇美拉身上留下致命傷。

奇美拉的精力簡直像源源不絕，更糟的是，白花螳螂還會不時誕下新一批小螳螂，或是噴吐出大型的白色氣泡。

饒是有珍珠的光盾在旁守護，面對層出不窮的攻擊，眾人依舊免不了傷痕累累，鮮血不斷從身上淌落。

「瑞比前輩，外面不行，那從裡面呢？」珂妮在光壁外焦急地嚷，「在它們身上多製造一些傷口，然後再用更強力的魔法往傷口內攻擊……再給我一點時間，我就能幫忙增幅魔法的威力！」

瑞比知道珂妮要用哪招了，他舌尖抵了抵上顎，朝武裝教士們使了個眼色。

儘管武裝教士與神厄之間不太對盤，但在作戰上彼此也可說是相當有默契。

毋須多餘話語，他們二話不說，接下來的攻擊全都對準了先前造成的傷勢而去。

「替我掩護。」烏蕨快速地向翡翠說。

翡翠也不問他要做什麼，乾脆點頭，手裡長槍變化形態，旋即成為兩柄碧色長刀，被他緊握在手中。

翡翠又朝瑪瑙望了一眼，後者會意，接下來揮出的羽刀都散發出極細微的銀白光點，不細察便不會留意到。

光點一股股地鑽進奇美拉的傷口內，但挾帶的不是治癒之力，而是惡化之力。

一開始，奇美拉毫無所覺，但隨著時間流逝，它們傷口疼痛加劇，彷彿有人將看不見的刀子捅向它們體內。

它們既暴躁又痛苦，攻擊也漸漸變得毫無章法。

在場眾人察覺到奇美拉的異狀，縱使不明緣由，也沒放過機會，他們一鼓作氣，攻勢更顯凌厲。

與此同時，廣場的正上方逐漸亮起光絲，流金似的線條如靈蛇遊走，一個大型法陣漸漸成形。

待最後一筆筆畫成形，珂妮身下的法陣也跟著亮起輝芒，與空中法陣呼應。

「光系第二級初階魔法——」珂妮聲音拔高，如箭矢直竄雲霄，「光耀祝福！」

空中的金色法陣頓時光芒大熾，無數光屑如飛雪飄下。

奇美拉本能地抗拒那些冉冉飄下的光屑，它們橫衝直撞，然而不管是中足或後足，都被不知何時竄出的粗壯枝條牢牢捲住。

烏蕨先前扔至它們腳邊的種子神不知、鬼不覺地催生完畢，強韌的植物張牙舞爪地讓奇美拉成爲困獸，只能徒勞無功地暴躁掙扎。

「珊瑚！」翡翠立刻大喝。

「全都交給——偉大的珊瑚大人吧！」珊瑚紅眸灼灼，比她法杖前端匯集的火焰還要熠亮。

珊瑚話聲方落，扛在她肩上的法杖也像槍炮般擊出烈火，強猛的火炎彈直衝天空，在光系魔法的加持下膨脹數倍。

高空的火光映亮了底下眾人的臉，也映亮瑞比藍眼中的利芒。

橘髮少年扯開獰笑，不假思索地將槍口對準空中。

槍聲驟響，新填充進去的魔紋彈疾速脫離槍口，在撞上空中火球的剎那間，炸開成無數尖刺，挾裹著烈焰往下直墜，成了一場對奇美拉來說足以致命的鋒利火雨。

高溫凶狠無情地囁咬著奇美拉的傷口，啃蝕它們的血肉，留存在奇美拉體內的惡化之力則是加速傷害過程。

珍珠解開圍繞廣場的光壁，讓眾人迅速撤離，再將光壁重新封上，任憑猛烈的大火在奇美拉體內體外狂肆起舞。

鑽進奇美拉體內的熾火很快就將雪白軀殼燒得通紅，繼而以摧枯拉朽之勢將它們燒成火柱。

廣場上的火焰不停燃燒，像是要把整片天空灼得通紅，奇美拉扭動的身軀就像在火裡跳著詭異的舞蹈。

直到它們終於一動也不動，直到它們徹底地被葬送在火海之中。

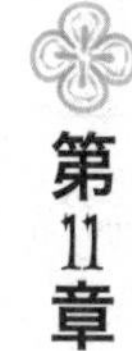

第11章

隨著奇美拉化成灰燼，這場大火才跟著平息下來。

最後一絲火苗消失殆盡，留下的只有燒得焦黑的廣場地面及成堆的灰白餘燼。

地面猶帶熱度，沒人急著上前。

經歷整夜苦戰，所有人的體力都耗損得差不多，疲累如潮水湧上，沖刷他們的四肢百骸。

但橫躺在廣場外圍、街道上，甚至更遠處的半妖精們，還得找地方安置。

根據斯利斐爾所言，就算蘿絲瑪麗的母體被消滅，其他宿主體內的蘿絲瑪麗也要一天以上的時間才會徹底枯萎，不再有任何危險性。

即使知道仍有善後工作，眾人還是不得不先席地而坐，休息一會，稍微恢復體力。

「來瓶兔兔牌番茄汁吧！」珂妮突然像變魔術般，從她沾滿血污的大氅下掏出了一打瓶裝飲料，上面印著兔子抱住番茄的圖案。

「鬼才要。」瑞比毫不掩飾他的嫌惡，「抱著妳的番茄汁滾到一邊去。」

其他人的反應不像瑞比那麼強烈，但臉上同樣露出幾分抗拒。

無論是繁星冒險團或是武裝教士們，都曾被兔兔牌番茄汁不留情地荼毒過，讓他們一聽見「番茄」兩字就想後退三步。

但退是無法退的。

一來眾人已沒多少力氣，二來就算地兔族的怪力已消退，珂妮本身的蠻橫力道依舊足以將飲料強行灌進別人的嘴巴裡。

離她最近的瑞比首先遭到毒手。

橘髮少年瞪大眼，神情扭曲，卻逃不了珂妮的壓制。

珂妮無視那雙藍眼睛射出的殺人光線，笑容滿面地將兔兔牌番茄汁全部灌入瑞比嘴中，還不忘捏住他的嘴唇，不讓番茄汁漏了出來。

「瑞比前輩就乖乖喝下吧，喝了有好處的，不騙你。」珂妮依然笑呵呵的。

這幕看得武裝教士們臉色更白，就連翡翠也不禁打了個哆嗦，開始猶豫是不是該主動跟珂妮拿番茄汁，免得自家小精靈也被殘忍摧殘。

瑞比好不容易才將強灌進口中的飲料全數嚥下，他抹了下嘴巴，二話不說地舉槍對準珂妮的肩頭。

「老子直接送妳一顆子彈，不用謝我了。」

「先等一下啊，瑞比前輩。」珂妮無辜地說，「你難道不覺得力氣回來了嗎？」

「妳他媽的別轉移……」瑞比驀然一頓，眉毛皺起，眼中的殺意逐漸被驚訝取代，「妳給我喝的是什麼？」

「兔兔牌番茄汁呀。」珂妮獻寶似地高舉飲料瓶，「不過是特製版本，有添加祝福藥水的。」

想了想，珂妮繼續補充道：「當然是正常的祝福藥水，絕對不是用弦月區教堂的，所以喝下後很快就會恢復力氣。」

「靠，還眞的是……」瑞比把槍口從珂妮身上挪開，他握了握手指，再俐落地彈跳起來，感覺流失的力氣重新充盈體內。

雖然不到完全回復，但應付接下來的勞動也足夠了。

這下子，不用珂妮強行推銷，眾人都迫不及待地從她手中拿走兔兔牌番茄汁。

畢竟誰也不想繼續無力地癱坐在地。

一口氣喝完番茄汁，翡翠抹抹唇角，感到疲倦的身體像被溫柔暖流拂過，沉重的手腳跟著輕快起來。

烏蘞最先站起，他問向教團的人，「那堆灰燼，你們要回收嗎？」

「啊？誰要回收那種鬼東西！」瑞比毫不掩飾臉上的嫌棄，「神厄沒有要……珂妮妳敢說要的話，就自己抱著那堆灰回去吧。」

「我什麼都沒說呢，瑞比前輩你是不是有妄想症啊。」珂妮皺皺鼻尖，「烏蘞先生，難道你們公會想要嗎？」

「帶回去也不能幹嘛，就算調成顏料，大概也送不出去吧。」烏蘞若有所思地說，接著視線往武裝教士那邊看去，「你們呢？」

小隊長艾力克也搖搖頭。要是有殘骸，他們說不定還能帶回去給教團的人研究，但眼前只剩一堆灰了，看起來沒什麼研究價值。

不等烏蘞看向自己，翡翠馬上搖手道，「我們這不要，不能吃的東西一律不收。」

確認沒有哪方想回收這堆灰，烏蘞往口袋摸了摸，找出一顆合適的種子，讓它長成一朵大大的赤紅色花朵。

紅花花瓣肥厚，還帶著雪白的紋理，看得翡翠不禁直嚥口水，覺得像看到了一片油花漂亮的牛排在行走。

嗯，等等？行走？翡翠霍然回神，震驚地看著那朵花長出了一雙小腳，輕盈地邁著小跳步。

「那又是什麼玩意？」瑞比差點想舉槍對準那朵像擁有意識的怪花。

「吞吞花。」烏蕨慢悠悠地說，「會吃掉地上的垃圾，居家打掃專用的好夥伴。」

「而且不能吃。」斯利斐爾冷淡地再補上這句。

「喔……」翡翠失望無比地放下手。

吞吞花不疾不徐地在廣場上遊走，凡是經過之處，灰燼馬上沒了蹤影，消失在它的大嘴當中。

奇美拉的灰燼快速減少，空地很快被清理出來。

吞下最後一口灰燼後，吞吞花邁著小跳步回到了烏蕨身前，一張大嘴叭叭叭，宛如在對烏蕨說些什麼，接著它抖抖身子，忽地彎下腰，發出「嘔」的一聲。

「我靠！它要全吐出來了嗎？」瑞比下意識遠離烏蕨。

「它說它吃到了怪東西……」烏蕨皺起眉，看著呑呑花吐出一個古銅色金屬物。

那是一枚戒指。

戒指造型粗獷，沒有太多設計，中間只鑲了一枚金屬圓片，上面繪著一條銀蛇。銀蛇盤繞身子，嘴裡銜著三片金葉。

「榮光會？千面這雜種什麼時候投入榮光會了？」瑞比搶過戒指，確認上面的圖案確實是自己記憶中的徽紋，他陰沉地咂了下舌，「媽的，所以這一連串事情……」

「都是榮光會在背後指使的？」珂妮小小聲地抽口氣，「奇美拉的實驗果然……」

翡翠想的卻是另一件事。

假如榮光會眞的和伊利葉有關，那麼榮光會的人出現在這，是不是代表著……伊利葉也可能出現在這？

萬一伊利葉先到了花開之地……

這念頭甫出現，翡翠便再也坐不住，焦慮如滾動的沸水氣泡般，不住在內心翻騰。

瑪瑙與珍珠也想到了同一處，不約而同地按上翡翠的手背，朝他投來探詢的眼神。

「翠翠，我們是不是要……」在那麼多人面前，珍珠沒有把話挑明。

「要什麼？」唯有珊瑚還如墜五里霧，不曉得珍珠他們在打什麼啞謎，「要再來幾瓶番茄汁嗎？欸欸，大兔子，不是粉紅色的那隻。」

「妳喊誰啊？」瑞比不善地睨了一眼過去。

「哎呀，珊瑚你們還要嗎？來來來。」珂妮倒是高興地又從大甕裡掏出幾瓶飲料。

翡翠沒拒絕珂妮的好意，現在他們確實得趕緊補充流失的體力。

「我們有事要先離開了。」喝完兔兔牌番茄汁，翡翠俐落地向眾人告別。

「嗯嗯，沒錯！」珊瑚挺起胸膛，大聲地附和翡翠，然後一轉頭，又偷偷拉著珍珠以耳語問道：「我們有什麼事？爲什麼珊瑚大人都不知道？」

「因爲妳蠢。」會輕飄飄捅來這刀的，只有瑪瑙了。

珊瑚磨磨牙，在翡翠看不見的角度衝著瑪瑙露出齜牙咧嘴的凶狠表情。

珍珠只是把人一拉，就像將想竄出去的凶獸又輕輕地拉回來。

「去吧去吧。」瑞比揮手驅趕，翡翠他們不是教團的相關人員，本就不用跟著他們繼續耗在這。

「翡翠先生，夜晚還未完全過去，路上請多加小心。」珂妮鄭重地說，「非常感謝你們這次的幫忙。」

翡翠點點頭表示記住了，正準備帶著自家小精靈離去，又對上烏蕨的視線。

高大的負責人就站在那，目光沉沉，「你委託華格那分部的事，等我回去就會通知其他負責人一同處理。」

先前烏蕨對於榮光會和伊利葉之間或許有所牽扯一事，頂多感到有幾分意思，可現在榮光會暗中在弦月區製造出的事端，讓他心裡有種預感——背後勢必藏有更大陰謀。

就像巨大的漩渦蟄伏在底下，只待時機成熟，要將大陸上的一切都捲入其中。

得到烏蕨的再次承諾，繁星冒險團也不多留，一行人快速奔向夜色。

「好了，那我們再來繼續……」珂妮伸伸懶腰，下一秒猝然出手，用力扣住瑞比的肩膀，「瑞比前輩你想去哪呀？」

本來想趁機溜走，逃避善後工作的瑞比「嘖」了一聲。

珂妮義正辭嚴地說，「瑞比前輩，你是我的保鏢，我都還沒睡，所以你也不能睡，不然……」

「啊，知道了，妳有夠煩的。」瑞比只好認命。

「請問……」一聲猶豫的詢問倏地飄了出來，廣場上的人齊齊回頭，看見賈斯汀教士從門後探出頭，眼裡還殘留幾分驚魂未定。

珂妮眼睛驟亮，又抓到人手幫忙了！

不知不覺，大半夜已過去。

瑞比二人與武裝教士持續在弦月區搜尋是否還有昏倒在地的半妖精。

賈斯汀教士年紀大了，不適合跟著一起在外行動，珂妮拜託他留守教堂，安排人員的調度及安撫人心。

教堂內如今躺著一排排失去意識的弦月區居民。

除了曾被蘿絲瑪麗寄生的人之外，還有在教堂地下室發現的失蹤孩童。

就連賈斯汀教士也沒想到那些苦尋不著的孩子，原來就藏在教堂底下，他們陷入昏迷，魔力則被榨得一乾二淨。

事實上，賈斯汀教士根本連教堂下還藏有這麼一個地方都不知道。

要不是烏蕨又沿著地下墓室的通道走回那處空間，也不會發現地下室的暗門居然就隱密地藏在祭壇後側。

那些被寄生過的人，他們體內的蘿絲瑪麗雖然正在枯萎，但在體力和魔力皆被掏空的情況下，恐怕要到隔天，或是更久，才會完全清醒。

躲在教堂內的民眾經歷整夜的擔心受怕，即使教士已保證外頭不再危險，他們還是選擇留下，除了待在這裡能帶給他們安全感外，他們也想陪伴在自己的親友身邊。

爲了能安置更多人，教堂裡的長椅都被搬挪到牆邊，清出大片空地。

但人數終究太多，最後只能將塞不下的人安置在廣場空地上。

好在正逢夏季，不用擔心夜晚大幅降溫。

夜色深沉，像暈開的潑墨要將所有事物吞入腹內。

距離天亮尚有幾個小時，賈斯汀教士縮坐在門邊，懷裡還抱著盞燈，他低垂著頭，腦袋不時往下一點一點的。

就在下一剎那，賈斯汀教士身子猛然一晃，像是從睡夢中驚醒過來。他抬起頭，似乎還帶有一絲迷茫地望向四周。

無論是避難的人群或是曾被寄生的半妖精都在睡夢中，教堂內外靜得不可思議。

賈斯汀教士往外一看，發現武裝教士還未歸來。

於是他提著燈，不疾不徐地從人群間隙走過，輕聲喃誦起一串古怪拗口的語句。

提在手中的燈火晃漾出縷縷淡粉色煙氣，它們在空中蜿蜒出奇異的紋路，朝教堂各處蔓延前行，片刻間已瀰漫至各個角落，甚至飄繞至外邊。

所有人睡得更沉了。

就算這時傳出巨響，也不會有人被驚醒。

賈斯汀教士每走一步，他的外貌便多一點奇異的變化。只幾個眨眼，就變成了一名修長挺拔的男人。

金耀髮絲彷彿被陽光親吻過，一雙藍瞳則如一碧如洗的晴空，只是那張俊美的容顏卻冷淡得不帶一絲人氣，眼珠更像是玻璃珠鑲嵌在眼窩裡。

比起人類，看起來更像一尊人偶。

在他的腳踝位置，小小的蛇形刺青盤踞其上，蛇口大張，叼咬著三片葉子。

若是神厄的人或烏蕨在場，定會震愕地認出這人，他分明就是應當消殞在神棄之地的伊迪亞。

暗夜族公主的貼身近衛。

男人來到祭壇後側，通往地下室的門已被關上，底下的陣法雖然遭到破壞，但還是得留待中央教團的人過來處理。

在此之前，只能維持原本狀態。

金髮男人伸出手，卻不是旋動門把，而是敲了敲門，不大的聲響頓時在挑高空間內晃出漣漪。

另一道宛如回應的敲門聲自門後響起。

收到信號的金髮男人往旁退開，看著門扇由內開啓，多名裹著灰暗斗篷的人影魚貫走出。

他們的目光一接觸到男人，立刻恭敬地低下頭，表達出下對上的禮節。

接著，爲首的那人朝男人獻上一顆泛著翠碧光華的晶石。

金髮男人沒有馬上接過，而是撩起了教士袍的一截袖子，在他的上臂內側，赫然有個拳頭大的窟窿。

但那道缺口卻不見鮮血滲冒，甚至是一片光潔的碧色。

「法陣裡的魔力都回收完畢了嗎？」金髮男人嗓音平淡，沒有一絲人的溫度。

「是的。」爲首之人將頭垂得更低，像是不敢與男人雙眸直視，「全數回收完畢，半妖精的魔力都在這裡。」

金髮男人輕輕一頷首，接過晶石，竟是將它往上臂的窟窿中安放進去。

奇異的事發生了。

閃耀著碧光的晶石像是冰融成了水，一下就與金髮男人的手臂融爲一體，將原本的窟窿塡補得不見痕跡。

「做得不錯，我會將這份力量交給吾主。你們動作快點，在教團的人回來之前把事情做完。」

「是！」

在金髮男人的一聲令下，灰衣人訓練有素地展開行動。

他們扛起昏迷中的半妖精，一一從祭壇後的暗門運送下去，讓等候在地下室的另一批人馬負責接應。

安靜無聲的行動下，那些曾遭蘿絲瑪麗寄生、如今昏迷不醒的半妖精一個個減少。直到最後一名被寄生過的半妖精消失在暗門後，灰衣人也盡數離去，教堂內頓時只剩昏睡的老人與小孩。

以及還留在原地的金髮男人。

「用人類改造的奇美拉，穩定性還是不夠，必須將這點回報吾主。」

他往前走幾步，將冒出粉色煙氣的提燈擱至大門旁，這些煙氣能夠形成短暫的障眼法。

就算教團的人回來了，只要他們沒有進入教堂，從外頭看來，也只會看見教堂裡一切無恙的虛假景象。

等到教團的人發現事情有異，一切都來不及了。

他們早已進入地下墓室，再藉由傳送法陣，神不知、鬼不覺地從弦月區撤退。

誰也無法追蹤到他們的行蹤。

✣✣✣✣

靠著珂妮他們贈予的祝福藥水，恢復體力的繁星冒險團重回開滿戈多拉的地方。

在斯利斐爾的指引下，他們一路上沒有迷失方向，順利抵達了花開之地。

好在花開之地仍舊完好，也沒有發現伊利葉的蹤跡。

預防萬一，珍珠飛快地在周遭建構出一圈結界，籠罩這片區域。

月光下，暗香浮動，雪白的花朵如雲絮簇擁在一塊，明黃色的花心就像是微小、燃動著的火苗。

但看在翡翠眼中，只覺得……

「好餓啊啊啊啊……想吃荷包蛋……」翡翠找了個空地，一屁股坐下，「斯利斐爾我想吃荷包蛋，或者吃你也行。」

斯利斐爾完全不想理這位異想天開的精靈王，他冷笑一聲，迅速飛離對方數公尺，以免被人抓下去塞進嘴裡。

一般人不會這麼做。

但有前科的翡翠肯定會！

「翠翠，斯利斐爾現在只是球，球不好吃的。」瑪瑙在翡翠身前蹲下，滿臉真誠，燦若日陽的金眸眨也不眨地凝望著對方，「雖然我現在變大了，但我覺得我的美味程度一定有增加，你直接……」

「不，我突然覺得不餓了，一點也不餓了。」翡翠正經八百地說，「我們還是趕緊來做正事吧，瑪瑙你覺得伊利葉可能會用哪些關鍵字來當鑰匙？」

雖然遺憾自我推銷沒成功，但既然是翡翠的詢問，瑪瑙還是慎重無比地回答，「垃圾。」

「哎？」翡翠一愣。

「這兩個字最適合他了。」瑪瑙打從心底這麼認爲。

珍珠雖然不說，但她的表情也直白地表示她的認同。

「還有大壞蛋，超級大壞蛋！」珊瑚也不甘示弱地發表意見。

翡翠被自家小精靈逗得哭笑不得，逐一揉過三顆腦袋，「知道他很壞，不過伊利葉不可能用這個來當鑰匙的。他是大魔法師，又擅長創造魔法……」

「您覺得他會用魔法來作爲鑰匙嗎？」斯利斐爾問道。

「有這個可能吧。只是我對魔法的了解……」翡翠聳聳肩膀，「你也知道的。」

他是半途被拉來當精靈王的，本質上是個異世界人，不像瑪瑙、珍珠、珊瑚生而知之，從金蛋裡誕生後便具備著精靈族傳承下來的各種知識。

「不過論起對食物的了解程度……」

「您還是趕緊做正事，不然就閉嘴吧。」

在斯利斐爾如寒冬嚴酷的催促下，翡翠認命地與自家小精靈一起猜起開啓戈多拉儲存畫面的鑰匙。

說是一起，但主要還是瑪瑙他們和斯利斐爾背誦著各種魔法咒語，翡翠則絞盡腦汁思考著至今得知的伊利葉資料，努力丟出其他可能的關鍵字。

經過漫長的猜測，周圍的戈多拉仍然是不爲所動。

珊瑚都猜到有些垂頭喪氣了，可下一瞬她驀然聽到一陣咕嚕聲。

「是花開的聲音對不對？」珊瑚猛地抬高頭，「有花在咕嚕咕嚕叫！」

「不。」斯利斐爾直接潑了冷水，「是某人管不住的肚子在叫。」

「這能怪我嗎？它要叫我也沒辦法……」翡翠摸摸肚子，哀聲嘆氣，「我覺得我們該換個思路，但肚子一餓就更難思考了，早知道上山前帶點吃的……」

瑪瑙速度最快，馬上伸手往空中一探，抓住斯利斐爾搖了搖，搖出幾枚晶幣。

看到綠油油的錢幣，翡翠感覺自己的臉也要跟著綠了。

「瑪瑙你們先吃吧，小孩子要多吃才能長更大。」翡翠笑咪咪地將晶幣推了回去，然後繼續抓著斯利斐爾哀聲嘆氣，「斯利斐爾啊，你什麼時候才能恢復？我真的真的太想念你原來的樣子了。」

或許是被翡翠的真摯心意打動，但更可能是擔心翡翠飢不擇食地把光團的自己塞進嘴裡，斯利斐爾嘆了口氣，從翡翠手中掙脫，飛到其中一朵戈多拉上。

「戈多拉直接食用，味道和晶幣一樣，但如果……」

「如果什麼？」嗅到了一絲希望，翡翠眼中瞬間迸放光采。

「如果使用雙系魔法刺激它們，戈多拉就會吐出珍藏的花蜜。」斯利斐爾說道。

翡翠精神都來了，珍珠開著結界，就表示現場已有一種魔法在運作，只要再加上自己的風系魔法，不就能完美達成條件？

「風系第一級初階魔法——超迷你版風之刃。」一道小巧的淡綠氣流立即在翡翠指尖處成形，輕飄飄地從戈多拉上方飛去，吹動了多片雪白花瓣。

就在風之刃消失的前一刻，受到雙系魔法刺激的戈多拉出現異變。

在翡翠的滿心期待下，它們先是集體撲簌簌地晃動，抖晃得厲害，緊接著所有花瓣朝上豎立，像是要重新閉攏成一個個花苞。

當花瓣閉合到只留頂端一個小洞，所有人都看見戈多拉的白花由底部快速泛上一圈圈赤紅色。

待白花徹底被染得通紅，花瓣間的小洞也閃過一圈亮光。

翡翠剛要湊近看，就被斯利斐爾不客氣地撞開。

這一瞬間，戈多拉閉攏的花瓣驟然再次張開，它們發出嗚噎喊叫，就像瀕死前的呻吟，同時，一束赤艷火焰從花瓣內噴射而出，細長的火束直衝天際。

成群的戈多拉彷彿化身成火焰槍，持續「嗚嗚嗚」地往上噴射火焰。

翡翠瞠目結舌，「我靠！它們在噴火！」

「在下不是說過了，它們受到刺激會噴火。」斯利斐爾冷漠地說。

「但你沒說是這種噴法啊！」翡翠著急萬分，「它們噴火了，那花蜜呢？花蜜不會都融到火裡了吧！」

「等火焰散去，您就會看到了，您該學習何謂耐心。」

「我要是沒有耐心，早就把你塞我嘴裡了。」

「翠翠，斯利斐爾太小了，你吃不飽的，還是試試我……」

「沒錯，耐心，我現在超有耐心的！啊，快看！火好像真的在散去了！」面對瑪瑙努力不懈地自我推銷，翡翠忙不迭拉高聲音，轉移大家的注意力。

戈多拉噴了幾輪火後便恢復寧靜，花瓣色澤褪回原本的雪白，噴散至高處的火焰也漸漸淡化，就連一點火星都沒墜下。

隨著火光消失，夜空下出現了一塊塊琥珀色晶體，它們的周邊環繞著一圈圈銀亮光芒，將晶體映照得越發剔透。

翡翠還沒來得及驚歎這花蜜也太閃耀了，一股似曾相識的能量波動先讓他狠狠倒抽一口氣。

琥珀結晶只在空中停留片刻，接著接二連三地往下掉。

若是平常，翡翠一定第一時間衝去接住食物。

但此刻他的雙眼全然無法從空中離開，那些閃耀的銀亮光輝依舊停留在半空中。

它們是由無數發光粒子組成，絢爛的輝芒令人想到從天而降的星星。

「斯利斐爾……」翡翠喃喃地說，雙眼眨也不眨，就怕一眨眼，空中的光景會消逝無蹤，「我應該不是產生幻覺吧，我好像……」

「在下也看見了，肯定不是幻覺。」斯利斐爾沉穩的嗓音不禁多了幾分起伏。

翡翠沒有嘲笑斯利斐爾的動搖，因為就連他自己也不敢相信。

戈多拉噴出的花蜜裡竟然藏有碎星粉末。

眞神遺落在大陸上的力量碎片！

與此同時，世界意志的聲音猝不及防地躍出。

「任務發布——請在一小時內，將空中所有能量吸收完畢。」

翡翠沒有絲毫猶疑，眼疾手快地抓住斯利斐爾，一把將它往空中的星砂扔去。

他的動作太快，就連斯利斐爾都沒反應過來，整顆球已飛入了星砂範圍。

所有發光粒子頓時像受到無形的吸引，一股股全往光球體內灌入。

「您這是在做什麼？」斯利斐爾狼狽地在空中拚命閃躲，不想讓碎星被自己吸收，但發光粒子如同認定了它，不管飛到哪，粒子就跟到哪，「應該由您或瑪瑙他們吸收！」

翡翠抱胸一笑，「當然是讓你快快長大啊，說好了要先讓你恢復嘛。只要我們不主動，它們果然會優先選擇到你體內，畢竟你們都是眞神的一部分嘛。」

「在下從未跟您說好！」斯利斐爾嚴厲駁斥。

「之前可是開過家庭會議的。」翡翠愉快地看著更多光點湧進光球當中，「多數決你忘了嗎？珍珠、瑪瑙、珊瑚，你們都記得對吧？」

「翠翠說的就是對的。」瑪瑙果決地說。

「欸欸，我們開了什麼會？」珊瑚苦苦思索，但很快就放棄不想了，「沒錯，翠翠說的就是對的！」

「記得很清楚喔。」珍珠的食指虛畫了幾個圈，在斯利斐爾沒注意到的時候，又新開了結界將他與剩餘光點一併關入。

碎星的最後一點碎屑沒入了斯利斐爾體內。

隨後光球的光芒越發熾亮，體型開始增大。

珍珠反應極快地撤了結界。

巴掌大的小光球一下變成了一顆大光球，再一眨眼，光芒斂起，收攏成人形輪廓，接著開始染上更多色彩。

等所有光芒全數消失，佇立在翡翠幾人面前的，卻不是熟悉的銀髮男人。

——而是一名銀髮小男孩。

「好矮！」珊瑚脫口大喊，「斯利斐爾變好矮！」

如今外貌看起來不到十歲的斯利斐爾面無表情，只一雙紅眸更顯森冷，一眼瞥視過去，就像挾帶著冷冽霜雪。

更甚以往的氣勢讓珊瑚縮縮肩頭，搓了下爬上雞皮疙瘩的手臂。

「啊，小孩子啊……看樣子能量不夠吧。」翡翠的震驚只有一瞬，更多的是濃濃的失望，「但怎麼不是變回鬆餅？」

「您作夢吧。」為了確保自己餅身的安全，斯利斐爾說什麼都不會再現出原形，「在下對於您方才的行為……」

「啊啊，我沒聽到。珍珠、珊瑚、瑪瑙，我們再來繼續猜謎大會吧。」翡翠仗著自己現在比斯利斐爾高，毫不客氣地用力揉了一把對方的腦袋。

斯利斐爾板著臉，拍開翡翠的手，他的眉眼就算變得稚嫩，仍是透出了凌厲感。但翡翠才不會被斯利斐爾嚇住，他可是看見了對方眼底有著來不及藏起的笑意。

嘖嘖，悶騷啊這傢伙。

「翠翠，這個給你。」瑪瑙攤開手掌，方才花蜜糖塊往下掉時，被他俐落地攔住，沒讓它真的掉至泥土地上。

翡翠迫不及待地將琥珀色的糖塊往嘴裡塞，一股驚人的甜膩在嘴裡擴散，差點讓他頭皮炸開。

真的太甜了，甜到像能殺死人，但飢餓感也確實跟著消失。

被甜到只想喝水沖去味道的翡翠無暇留意斯利斐爾的動作。

銀髮小男孩鬆開先前虛握的手指，被他成功保留下來的一小部分能量登時如發光流螢飛入夜空，飛向了弦月區的某處，直到進入某些人體內……

——然後，遮擋在記憶上的迷霧將會被吹散。

雖然差點被甜到靈魂出竅，但補充完糖分的翡翠總算能重新靜下心思考。

他發現他們的思路似乎走進了誤區。

伊利葉是大魔法師，他們下意識便認定鑰匙跟魔法有關。

但當時待在這裡的是少年時期的伊利葉，是縹碧。

不管是羅莎琳德的回憶裡，或是他們先前與縹碧的相處中，那名少年都是一副驕傲自戀的模樣。

縹碧只差沒將「完美」兩字刻在自己身上。

對於自身存在如此自負的人，會將什麼字詞設為啓動戈多拉的鑰匙？

「縹碧。」翡翠不自覺地說出這兩個字，接著又說出更長的一串字詞，「伊利葉．縹碧．坦夏爾。」

戈多拉依然毫無反應。

「爲什麼翠翠要唸大壞蛋的名字？」珊瑚還在一頭霧水，瑪瑙與珍珠已猜出翡翠的想法。

他們開始用不同的妖精語唸出伊利葉的全名，精靈生而知之的優點在這時候便突顯出來。

珊瑚慢了好幾拍才反應過來是怎麼回事，趕緊加入喃誦的隊伍。

但戈多拉依舊靜靜地開綻在月光之下，任何異狀皆不曾出現。

就算是古森妖精語，也沒有讓戈多拉產生一絲動靜。

如果不是妖精語，那麼會是哪一族的語言？

翡翠眉頭深鎖，他覺得自己的想法應該沒有錯。他不知道伊利葉是怎樣的人，但縹碧……那些日子以來和他們待在一塊的縹碧，張揚、傲慢，又意氣風發。

彷彿天生是上天的寵兒。

翡翠驀地愣怔了下，被他埋在記憶深處的一段畫面不受控制地翻騰出現。

他想起了數個月前的浮空之島。

突然間性情大變，像被抹消一切情感的縹碧，在當時明明魔力不足的情況下，卻能藉由汲取晶礦的能量再次施展多重魔法。

就跟他一樣。

就跟他這位精靈王一樣。

像有水珠直直地墜落，在翡翠心湖盪開了一圈圈漣漪。他閉上眼又睜開，奇異的音節自然而然地滑出他的舌尖，交織出一串奧祕優美的聲音。

就好像他天生就該知道如何去運用，去描述。

他說：

「伊利葉・縹碧・坦夏爾。」

「翠翠爲什麼又再重複一次大壞蛋的名字？」珊瑚小小聲地問珍珠。

「不，翠翠他用的是……」珍珠怔然地看著翡翠，對方或許沒意會到自己喃唸出的是何種語言，但那種語言對他們來說卻太過熟悉。

熟悉到……珊瑚一時沒反應過來，甚至還把它當成大陸通用語。

那是——屬於精靈族的語言。

霎時，所有安靜溫馴的戈多拉顫動起來，它們的花瓣如鳥羽般拍振，沙沙沙的細響像是夜間的浪潮湧上又退下。

在沙沙聲的包圍下，雪白花海中出現了一道道少年身影。

他們的面孔猶帶青稚，眉眼間是藏不住的恣意飛揚，一雙尖長耳朵說明了非人類的身分。紅黑相間的髮絲宛如飛揚的火焰，碧綠色的眼瞳熠熠生光，即使在夜間，好似也能清晰瞧見眼底盛綻的光華。

那是沒有用紅布蒙著眼、仍保留著尖長雙耳的縹碧。

少年或坐或站，或縱聲大笑，或擰眉苦思，或是流暢地施展一道道魔法；任何一系魔法在他手中就像信手捻來，比呼吸還要自然。

然而不管是哪一系的魔法，少年從來沒有一次張口吟唱咒語。

不消一會兒，花海裡的身影一道接著一道地消失，最後，獨獨剩下一名黑髮少年佇立其中。

少年的手指尖燃動著火焰，接著他忽地往虛空中一抹，讓緋色勾勒出一個圖案。長蛇盤曲著身軀，張開的蛇口裡叼咬著三片葉子。

「就用這個吧，我的代表圖騰。」少年露出了滿意的笑，清冽的嗓音清晰地進入所有人耳中。

直到最後一抹身影在花海中消散，針落可聞的死寂依舊盤踞在繁星冒險團周圍。

妖精不可能不唸咒即能施展魔法。

魔女可以，但魔女被限制註定只能運用一系，就像路那利永遠使不出水系以外的魔法。

誰也沒有想到，伊利葉從來就不是妖精族，他是——

「……精靈？」

尾聲

瓦倫蒂亞沙漠又被稱爲神棄之地，是世人眼中的不祥之地。

這裡氣候多變又極端，完全無法套用四季的變化，就算時值炎炎夏季，沙漠裡卻有可能會飄下皚皚白雪，低溫如刀片刺骨。

更別說沙漠裡還藏有眾多凶惡的蟲系魔物，一不留神就可能將性命葬送在此處。進入沙漠範圍的人，通常頂多只到瓦倫蒂亞黑市就止步。

但那裡其實只算沙漠的外圍地帶，神棄之地的深處，才是眞正的危險之地。

雷暴轟隆作響，閃閃滅滅的紫電像是要將此地劈打得體無完膚。作亂的狂風則像磨得最鋒利的刀刃，只稍一靠近，就會被割得鮮血淋漓。若是執意深入，迎來的只會是血肉橫飛的下場。

狂暴的氣候簡直就像是用盡全力阻止他人的靠近。

但今日，神棄之地深處迎來了一道挺拔修長的身影。

面對高如巨浪，像是隨時會傾倒下來的沙塵，金髮男人的面色沒有任何波瀾。他往前踏出一步，黃沙底下猝然亮起白光，頃刻間勾勒出無數繁複花紋，最後銜接成一個偌大的法陣。

隨著大型法陣的啓動，一條白光通道瞬間成形，雷電風暴全被阻擋在外。待金髮男人從中通過，法陣光輝消隱，通道也跟著崩毀，狂風又捲起重重黃沙，遮覆了一切景象。

穿過風沙雷電築起的城牆後，呈現在眼前的赫然是一片風平浪靜。就像神棄之地的中心又藏了一個遺世獨立的小小世界。

黃沙朝著遠方不斷綿延，似乎看不見盡頭，多座高聳的紅褐色岩山屹立其中。它們圍聚在一起，像是從沙漠裡噴起的巨大火炬。

岩山頂端，隱約可見一抹小小人影。

金髮男人不聲不響地爬上岩山，全程沒有亂了呼吸，一路的崎嶇不平，對他而言彷彿如履平地。

儘管金髮男人的到來悄無聲息，可背對著坐在峭壁邊緣的人第一時間就察覺到了。

她回過頭，順勢揭下了斗篷兜帽，露出一張稚氣，但精緻如洋娃娃的臉蛋。

——那是暗夜族公主蘿麗塔的臉。

深紫色的柔順長髮披散在她肩後，她笑容甜蜜，頰邊凹下的酒窩彷彿盛了糖。然而彎成弦月狀的銀眸內卻滿是狂氣，像隨時準備揮出利爪，亮出獠牙的凶獸。

「你怎麼沒從地道出來？」小女孩晃了晃垂在空中的雙腳。

「從那裡太慢了。」金髮男人往前一步，與小女孩並肩站在一塊。

「啊啊啊，好煩喔，眞羨慕你是個大人了，我也想長大。」小女孩不高興地摸著自己的臉龐，從斗篷下探出的一截手腕上烙印著一枚小小圖騰。

長蛇彎曲了軀體，嘴裡銜著三片葉子。

就與金髮男人腳踝處的印記一模一樣。

「要把更多暗夜族引來，還需要妳。」金髮男人平淡說道：「現在這些還不夠。」

「知道啦……」小女孩拉長了尾音，和金髮男人一塊往下看。

岩山之間是一處大得驚人的凹地，山壁上被鑿開多條通道，不少覆著斗篷的人在那進進出出。

灰暗的斗篷將他們全身遮掩得密實，就連面容也被布遮住，只露出一雙眼睛。

有的人站在一旁高聲吟唱怪誕咒語，有的人運送著一輛輛推車，車內堆疊著失去意識的男男女女。

他們唯一的共通點便是外露的皮膚上染著漆黑的斑紋，猶如黑夜不小心掉了碎屑，沾留在他們身上。

如果有任何一位冒險公會的負責人在場，就能辨認出這些人赫然是海棘島事件落幕後，平空失去行蹤的部分冒險獵人。

他們被灰衣人運到中央的大型魔法陣外，繼而再一車車地傾倒下地，好像那不是活生生的人，不過是一堆堆肥料。

法陣中心還有數人被鐵鍊纏縛，就連背後的蝠翼也被凹折成怪異的角度。他們奄奄一息，胸膛起伏微弱，幾乎像沒了呼吸。

其中一名紅髮女性竭力仰高頭，當她看清小女孩身邊多出了一名金髮男人，她的瞳孔驟然收縮，下一秒染上了深深怨毒，像巴不得能將那兩道人影淩遲數百遍。

但金髮男人壓根不曾留意到底下的憎怨視線，他的目光輕飄飄地掃過法陣一圈，一下便挪開，就好像那裡躺著的不過是幾隻微不足道的螻蟻。

而紫髮小女孩則是興致盎然地盯視下方數秒，與那名紅髮女性對上目光。

她記得對方叫作……啊啊，佩琪，是叫佩琪呢。

小女孩揮動小手，朝佩琪做了個飛吻的手勢，笑得天眞又殘忍，但很快又被其他事物轉移了注意力。

不停歇的唸咒聲中，第一簇蒼白火焰驟然燃起，隨即是更多火焰。

不過剎那間，火焰就沿著法陣的紋路燃起層層火圈。

蒼白色的大火越演越烈，一下就把法陣內外的人們全數吞沒。

淒厲的尖叫和詛咒此起彼落，組成一首恐怖樂章，但不管是灰衣人還是岩山上的兩道身影，皆不爲所動。

號叫聲漸漸消失，直到最後終於歸於死寂。

可誰也沒有關心法陣內的狀況，所有人齊齊仰高頭，他們屏息以待，瞬也不瞬地凝望著高空，彷彿在等待著什麼。

在詭異的寧靜中，原本平滑如鏡的天空忽地像破了一道小小裂口，微小的黑粒從中徐徐飄出。

比黑夜還要漆黑的絮狀物從天而降。

就像一場黑色的雪。

一場微小、短暫的黑雪。

短短數分鐘過去，最後一片闇黑碎屑緩緩棲停在法陣當中，融入了地面的灰燼。

天空恢復原先的一碧如洗，那道小小裂口好似未曾出現。

聚集在凹地的灰衣人依舊保持沉默，但一雙雙眼睛裡閃動著狂熱的情緒，他們不約而同地手指握拳，拳頭抵上胸口。

這一切都是爲了永恆的榮光。

爲了偉大的榮光會。

不用上方的金髮男人或小女孩吩咐，灰衣人開始收集起法陣裡的碎屑，將它們裝入推車當中。

「再來是把那些東西送到一號實驗場對吧。」小女孩拍拍手，俐落地跳起，歪頭咧開天眞的笑容，「希望半妖精是很棒的實驗體。」

「達不到標準，就再重新搜尋。」金髮男人說。

突然間，一道白色人影平空浮現在岩山上。

他的黑髮末端纏繞著縷縷緋紅，如同即將熾烈焚燒的火焰，雙眼則被紅布覆住，露出的半張臉矜貴又冷淡。

乍見那名白袍人，金髮男人與小女孩立刻恭謹地彎下身。他們頭顱低垂，就像是最忠實的奴僕，直到他們聽見一聲輕飄飄的詢問。

「情況如何了？」

兩人重新直起身，接著由金髮男人上前一步。

「三號實驗場，第一百零二次測試，測試結果，黑雪召喚成功。紀錄時間，三分十二秒。一切如您預料，吾主。」

金髮男人，屬於伊迪亞的那張臉上慢慢露出笑容，殘酷而嗜血。

「——暗夜族果然是必要素材。」

《我，精靈王，缺錢！10》完

後記

是的，又到了後記時間～

《精靈王》正式邁向第十集了，之前好幾個系列都是七集結束，莫名覺得七字挺吉利XD。不過這個系列要交代的東西比較多，所以集數跨過了七，終於來到十！

從劇情鋪陳應該可以看得出來，這個故事即將進入收尾階段，許多謎題一一解開。

翡翠的救世任務正在倒數，面對難搞的大BOSS，他要如何率領自家小精靈突破重重難關？

就讓我們繼續陪著繁星冒險團一起冒險吧！

本集的封面角色是第一次正式露臉的烏蕨先生，脫下大熊玩偶裝的他就是那麼帥。

雖然有著濃濃黑眼圈，依然無法隱藏他是個帥哥的本質XDD

夜風大把他那股厭世的氣質詮釋得超級棒，光看圖就覺得好像能聽到他說：啊，好麻煩，不想幹了……

這也是第一次有公會負責人登上封面——灰罌粟是在特典本登場，所以不算。

烏蕨和春麥這對大小組合，一個迷你，一個高大，身高差和體型差我都好愛。至於兩人的年齡差……嗯，實際算起來的話，春麥應該是比烏蕨大了。

說到春麥，就不能不提她的藝術天賦，封底中的圖像，全是春麥的作品，有沒有感受到那股特別不一樣的風采？

彩頁則由另一位兔子小姐——珂妮，坐上C位，傳說中的兔兔牌番茄汁也露出它的真面目了。至於珂妮是怎樣隨身攜帶這麼多飲料，問就是她的大衣有開特殊功能XD

兔兔牌番茄汁在本集依然很搶鏡，證據就是除了彩頁之外，插圖裡也能看得到它刷存在感，就是稍微犧牲一下瑞比同學了（合掌

之前在後記有提到胃出了點問題，這次總算能開心地說，胃病終於好得差不多，已經可以正常吃東西了！

咖啡跟甜點，還有加辣的食物……真的太想念它們了，但也不敢吃太多，要是再復

發，感覺會崩潰……

然後是我的左手，肌腱炎到現在還沒改善，這部分挺讓人傷心的，復健生活看樣子還得繼續下去。

雖然打字沒有太大影響，但眞的爲日常生活帶來許多不便，一抬手或拿個東西就會痛得哀哀叫。

大家，一定要好好愛護自己的身體啊，健康眞的好重要QQ

《精靈王》要往第十一集邁進了，翡翠的身世預計會再交代清楚一些，他的眞名雖已揭曉，但有關他的身分，還有他究竟爲何會覺得自己是個殺手……就請大家期待下一集了！

附帶一提，大家有注意到這幾集的副書名嗎？把八、九、十，再加十一的副書名排一起，感覺就是個充滿滔天狗血的故事wwww

那我們十一集見了～

醉琉璃

and save the world!

我，精靈王，缺錢！

Elf foods and save the world!

【下集預告】

縹碧真實身分曝光，為阻止他的奇美拉計畫，
身為精靈王的翡翠責無旁貸且壓力山大。
好險在過勞之前，總算是為自己爭取到了美食之旅！
卻沒想到途中竟會遇見許久不見的暗夜族……

得知暗夜族皇女未死，
繁星冒險團涉險踏入了回憶之村救人，
但等在眾人眼前的是希望，還是……

〈所以我一朝落難小黑屋〉

2023年國際書展，敬請期待！

國家圖書館出版品預行編目資料

我，精靈王，缺錢！/ 醉琉璃 著.
——初版. ——台北市：魔豆文化出版：蓋亞文化發行，2022.09
冊； 公分.（Fresh；FS197）
ISBN 978-626-95887-3-2（第10冊：平裝）
863.57 111013152

我，精靈王，缺錢！10

作　　者　醉琉璃
插　　畫　夜風
封面設計　莊謹銘
助理編輯　林珮緹
總 編 輯　黃致雲
發 行 人　陳常智
出 版 社　魔豆文化有限公司
發　　行　蓋亞文化有限公司
地址：台北市103承德路二段75巷35號1樓
電話：02-2558-5438　傳真：02-2558-5439
電子信箱：gaea@gaeabooks.com.tw
投稿信箱：editor@gaeabooks.com.tw
郵撥帳號 19769541　戶名：蓋亞文化有限公司
法律顧問　宇達經貿法律事務所
總 經 銷　聯合發行股份有限公司
地址：新北市新店區寶橋路二三五巷六弄六號二樓
電話：02-2917-8022　傳真：02-2915-6275
港澳地區　一代匯集
地址：九龍旺角塘尾道64號龍駒企業大廈10樓B&D室
電話：+852-2783-8102　傳真：+852-2396-0050
初版一刷　2022年 09月
定　　價　新台幣 250 元
Published and printed in Taiwan

ISBN 978-626-95887-3-2

FS197

我，精靈王，缺錢！ 10

魔豆文化　讀者迴響

感謝您在茫茫書海中選擇了魔豆，您的支持是我們最大的動力。
不要缺席喔，讓我們一起乘著夢想的羽翼，穿越時空遨遊天地！

姓名： 性別：□男□女 出生日期： 年 月 日
聯絡電話： 手機：
學歷：□小學□國中□高中□大學□研究所 職業：
E-mail：（請正確填寫）
通訊地址：□□□
本書購自： 縣市 書店
何處得知本書消息：□逛書店□親友推薦□DM廣告□網路□雜誌報導
是否購買過魔豆其他書籍：□是，書名： □否，首次購買
購買本書的動機是：□封面很吸引人□書名取得很讚□喜歡作者□價格便宜□其他
是否參加過魔豆所舉辦的活動： □有，參加過 場 □無，因為
喜歡出版社製作什麼樣的贈品： □書卡□文具用品□衣服□作者簽名□海報□無所謂□其他：
您對本書的意見： ◎內容／□滿意□尚可□待改進 ◎編輯／□滿意□尚可□待改進 ◎封面設計／□滿意□尚可□待改進 ◎定價／□滿意□尚可□待改進
推薦好友，讓他們一起分享出版訊息，享有購書優惠 1.姓名： e-mail： 2.姓名： e-mail：
其他建議：

廣告回信 郵資免付
台北郵局登記證
台北廣字第00675號

TO：魔豆文化有限公司　收

103 台北市承德路二段75巷35號1樓

魔豆

魔豆